4 of Contos +1

Alguns picantes, outros nem tanto

Admir Belmonte Gavira

40 Contos + 1

Alguns Picantes, Outros Nem Tanto

Admir Belmonte Gavira

CASA DO
ESCRITOR

Rio de Janeiro
2020

40 Contos + 1 – Alguns Picantes, Outros Nem Tanto
de *Admir Belmonte Gavira*

Editor
Eldes Saullo

Escultura
Admir Gavira

Projeto Gráfico e Editorial
Casa do Escritor

Dados Internacionais de Catalogação na Publicação (CIP)

G283q   Gavira, Admir Belmonte
           40 Contos + 1 - Alguns Picantes, Outros Nem
           Tanto / Admir Belmonte Gavira - 1. Ed. – São
           Paulo-SP: Publicação Independente / Casa do
           Escritor, 2020
           ISBN 979-8674069058
           1. Contos Brasileiros. I. Titulo.
           CDD: B869.3

Agradecimentos

Meus agradecimentos aos amigos, Beth e Habib Bridi (in memoriam) pela ajuda em publicar o Odontonews, durante tantos anos.

À Rita Lee, pelo incentivo.

À professora Rosimeire Turci, pela correção e por sugerir trocas de palavras que trouxeram mais elegância aos textos.

À minha esposa Arlete e, à Ellen Moreira, pela digitação de alguns manuscritos.

E ao povo de Birigui que me proporcionou algumas histórias verdadeiras — outras, nem tanto. Mas, quem se importa se são verídicas, ou não?

Prefácio

Éramos jovens e sonhadores. No trabalho, eu convivia com um profissional tóxico e de caráter repulsivo, o que me levou a procurar e concretizar amizades com grupos de jovens de boa índole. Conheci Habib Bridi nessa época.

Era, porém, a primeira vez em que me encontrava, face a face, com alguém que ousava consolidar um sonho num país tão distante da sua terra natal.

Sua atitude ensinou-me a compreender que cada um se define, vive e morre, segundo suas próprias leis, cultura e pensamento.

— E aí, loirinho? Era a expressão carinhosa do velho amigo, quando ele me encontrava no consultório, ou em alguma reunião social.

Seu desdém pelas formalidades resguardava-o de qualquer espécie de afetação.

Para ele, que iniciara seu aprendizado de português e, que saíra de um país conturbado pela guerra, direto para o trópico de paz, a palavra saudade tinha poesia de mais e realismo de menos.

Dizia-me que, em sua juventude no Líbano, entre a neve das montanhas e as praias ensolaradas, foi dominado por uma dessas paixões do espírito, que era conhecer o Brasil.

Aqui, esse jovem perspicaz acumulou-se de estranha obsessão pelo trabalho, tentando vários caminhos e tornando-se vitorioso.

No entanto, havia chegado o momento da sua vida, em que necessitava seguir uma lei misteriosa que lhe ordenava a superar-se.

Seus antigos romances não lhe haviam custado, até então, mais do que um mínimo de juramentos e mentiras.

Afortunadamente conheceu a jornalista Elizabeth. Percebeu a estranha felicidade de saborear o verdadeiro amor.

Essa união preencheu uma lacuna na vida dos dois: eles presentearam o mundo com dois lindos filhos, Carla e Bruno.

Criaram, também, a Grau 10 Editora. Sem ela não haveria o Odontonews, informativo que a minha clínica publicou durante 18 anos. Era um jornal com assuntos sobre saúde e trabalhos de estética dental realizados no meu consultório.

As crônicas que compõem esse livro vieram desse período. Era a última página do jornal e, tinha como objetivo abrandar a leitura dos pesados temas médicos e odontológicos das páginas anteriores. Foi sugerida pela Beth e incentivada pelo Habib, fazendo com que meus devaneios se mesclassem com os sonhos.

Mas, de repente, Habib se foi para um mundo mais livre, sem o pesado fardo do corpo e, somente com a leveza do espírito.

Mesmo que não compreendamos o processo, parece que ele partiu muito cedo. Mas quem somos nós para entender o fim da jornada de um amigo?

Prefiro pensar que ele, simplesmente, se foi; sua jornada havia sido concluída, seu trabalho finalizado, e seu espírito foi descansar.

A amizade de trinta e cinco anos foi interrompida em maio de 2011.

O restante dos dias de nossas vidas será apenas "saudade".

Índice

Agradecimentos...5

Prefácio 7

Introdução 1

Contos Suaves...5

Jorge, o último trovador................................7

Atrás do Horizonte 11

O Sonho de Valentim 15

O Dedo de Deus 19

Estudantes Sonhadores 23

O Plantador de Prímulas 27

O Ferreiro 31

No "Tiebreaker" 35

Pavarotti 39

Num dia de Santa Claus 43

O Comunista 47

Contos Amenos 51

A Noite em que Namorei Ana Paula Arósio 53

A Prima do Oscar.....................................57

Pastor Lindolfo 61

Fideuà 65

Viagens... Só de Cínco Dias! 69

Tomiko vai ter um Bebê 73

Os Maridos de Marluce 77

Pobre Mendonça 81

Manivela, O Filósofo de Birigui 85

O Fenômeno de Birigui 89

A Sogra do Dr. Lino 93

Aniversário de Casamento 97

O Vampiro da Vila Mariana 103

A Viúva Claudinéia 107

O Drama da Biriguense Angélica Lorrents 111

Pavarotti em Birigui...115

Contos Picantes **119**

De lá para cá 121

O Marido de Judith 125

Relações Cruzadas 129

Como Matar o Marido – Lição I 133

Como Matar o Marido –Lição II 137

A Mãe de Ignácio 141

Veruscka 145

O Sonho De Roxane 149

O Drama De Luci Aparecida Wannder Llosa 153

O Chofer da Dona Rose 157

A Mãe Do Deputado 161

A Flor Da Trepadeira..165

Uma Noite na Chácara dos Barbosa 169

A Pureza de Dorinha...173

Introdução

Ao escrever este livro dei-me conta de que acabara de revelar os pensamentos que figuravam entre os mais secretos da minha juventude. Naquela época, Birigui era uma cidade pequena – 30 mil habitantes – conhecida como "Pérola da Noroeste".

Berço de muitas histórias, ela atuou como palco para as minhas crônicas. Pequenos e secretos acontecimentos que o meu espírito relutava em aceitar como obra do acaso, no entanto, fluía tal como as águas do Córrego Biriguizinho, onde costumava pescar lambaris, sonhando com o dia em que emanaria o ar salitroso e, pescaria no mar de que tantos falavam.

Histórias do "Manivela", o cowboy surdo e mudo; do Santello, cego de um olho e míope do outro; do enigmático Luís Pintão e o seu Kharman-Guia vermelho.

Há outras histórias que não tive coragem de contar neste livro, tais como, a do cantor Cauby, na Cantina Dário`s, dizendo, na roda de fãs biriguienses, o porque não se apaixonava mais por mulheres; as histórias sobre a linda Nívea e o galã jogador de basquete; os sonhadores homens do Bar do Comércio, hipnotizados ao ver passar a bela Ariadnet; a perna do Disney embaixo da cama da namorada, em plena madrugada de um doce verão; o encontro entre os homens casados bissexuais, na escondida chácara do Brejo Alegre.

Naquela época, sabia-se de tudo, antes mesmo dos repórteres da emissora de rádio. As ondas da Rádio Clube não alcançavam mais que cinco quilômetros, no entanto, o locutor do noticiário, com todo ufanismo, iniciava a reportagem com o slogan: Atenção Birigui... tantararam; Atenção São Paulo.. tantararam; Atenção Brasil!!!

Engraçada, também, era a narração futebolística, diretamente do Estádio Roberto Clark. Numa das distrações coloquiais do repórter de campo, ao invés dele dizer— "Confusão na área do Bandeirante Esporte Clube", disse: "C.* de boi na área do Bandeirante".

Às vezes pela manhã, outro locutor, de voz empolada e grave anunciava: "Atenção para a previsão do tempo: as condições meteorológicas indicam que, em Birigui poderá chover, como poderá não chover..." Ríamos muito nesses momentos.

Hoje, pago o tributo ao carregar comigo tantas histórias e imaginações, tantos amigos que não gostariam de ser lembrados e que, talvez não se lembrem de mim. Mantive, entretanto, para com essas pessoas, a polidez indispensável.

Outras, que se recordavam de mim e, que me causavam indignação, dava-me prazer confundi-los com a minha indiferença. Não me curvava mais ante ninguém e, nem à culpa, esse instrumento de dominação criado pela Igreja que nos julgava pecadores, sem considerar a natural explosão hormonal da adolescência.

Sem os escrúpulos religiosos procurei emparelhar os meus sentidos à virilidade robusta. E a pele é o primeiro elemento, depois da alma, de que dispomos para exercer o nosso dever de perpetuar os genes.

Por muito tempo evocava os dias de um longínquo verão, em que a jovem do bairro Nova Brasília me confidenciava segredos e prazeres. Mesmo cansada da lida noturna, seu rosto molhado de suor ainda sabia sorrir.

Lençóis amarrotados eram evidências, quase obscenas, de sua labuta em que, para cada freguês atendido, ela deixava fragmentos sutis da sua juventude.

Jamais saberei se o calor daquela misteriosa garota tocou o mais profundo de mim. No entanto, a partir desses bons momentos nunca deixei de alimentar e saudar a lascívia, o erotismo e o amor.

Mas houve o momento em que as ousadas experiências da juventude haviam terminado. Era hora de partir e deixar os familiares, os amigos e o belo cão ávido de carícias. A noiva veio junto e, em São Paulo formamos uma família, gerando mais dois paulistanos, Leticia e Rafael.

Hoje as coisas estão mudadas. Meu amigo e conselheiro Sargento Menezes virou capitão e vive em Aracaju; Manivela, Santello e o professor Patão já se foram para onde todos nós iremos um dia; Mariazinha, Kelly Cristina e outras prostitutas desapareceram devido à liberdade sexual dos jovens, que aniquilou, por completo, o bairro das luzes vermelhas.

Os vizinhos já não se conversam mais sentados nas calçadas; atualmente as fofocas ocorrem através do telefone celular e da Internet.

Birigui não é mais o laboratório para as minhas crônicas, mas continua, para as pessoas sensíveis, uma cidade que fascina, mesmo sendo quatro vezes maior do que quando a deixei. Tornou-se uma cidade apressada, onde não há desemprego e, onde poucas pessoas ainda se lembram dos acontecimentos narrados aqui.

Contos Suaves

Admir Belmonte Gavira

Jorge, o último trovador

"Se estavas alegre,

Dirceu se alegrava;

Se estavas sentida;

Dirceu suspirava

À força da dor.

Marília escuta

Um triste pastor.

Falando com Laura,

Marília dizia;

Sorria-se aquela,

E eu conhecia

O erro de amor

Marília escuta

Um triste pastor."

Com grossas lentes nos olhos e um sorriso quase infantil, o trovador segue com duas cabisbaixas rosas nas mãos, dizendo poemas ao amor e, às vezes, às flores, essas pobres coitadas naquele fim de tarde quente e abafado.

Durante o dia, era um grande tipógrafo, selecionando e imprimindo palavras insípidas e sem alma, encomendadas pelos fregueses.

Ao ocaso da tarde, um só copo de cerveja transformava Jorge Parpineli, num poeta e jeito de estranho anjo que, sussurrando e, às vezes aos gritos, tirava do coração lindos poemas, que se embebiam da bela e melancólica luz que todo crepúsculo tem.

Os amigos, que minutos antes o convidavam à bebida e só sabiam discutir sobre o Bandeirante Esporte Clube — no mais das vezes era só aquela conversinha para entortar vento — com certeza não se enterneciam com poesia. À meia cara da porta do Café Petrilli, escondiam-se. Achavam ridículo, o Jorge falando de amor.

O padre, por sua vez, fechava a porta principal da Igreja Matriz. As coisas que o poeta dizia, atrapalhavam a missa.

Mais tarde, a poucos metros dali, por causa de uma dívida de jogo, dois jovens saíram aos socos, do Bar do *Snooker*, na frente da Rádio Clube. Justamente no lugar em que os homens da Congregação Mariana local quebraram a cadeira, em que o pastor Pirilampo subia para pregar a Bíblia aos pecadores da cidade, ditos ovelhas desgarradas.

O Café ficou vazio. Todos correram para ver. Instigavam para que a briga continuasse e... continuava.

Dr. Henrique, velho dentista, ao ver o tumulto, voltou a abrir o consultório. Sabia que ia ter trabalho. Quando havia confusão no *snooker*, salvava a prestação da casa.

Nem mesmo a professora Cida, que se dirigia à igreja, com um vestido agarradinho, sapato com salto 7 ½ e aquele lindo bumbum requebrante (que até o frei Jaime achava-o bonito), tirou a concentração da plebe, cujo semblante de prazer e lascívia, mostrava deleitar-se com o ódio, sangue e dentes quebrados dos dois briguentos.

O som da barulhenta sirene confundia-se com os dos sinos, que anunciavam o início da missa das seis horas, com poucos fiéis e a porta principal fechada.

O soldado Isaías tentava separar os dois. O público discordava do militar. Tentaram agredir o policial. O alvoroço aumentou.

Enquanto isso, alheio a tudo e ainda na frente da Matriz, Jorge, com muita emoção, dizia o "Poema do Amor Maior"... Sozinho.

Admir Belmonte Gavira

Atrás do Horizonte

O olhar das crianças, substancialmente iluminado, enriquecia o início da tarde quente e ruidosa.

— Sem pingo, sem fedeção, sem reclamação e sem nada!

— Fedeu!

— Não fedeu não! Disse o Zé Chimbica. – A bolinha entrou na birosca.

— Entrou, mas saiu. Não tá valendo não. Fica por último e agora é a minha vez, retrucou Onofre.

— Ocê tá roubando!

Pronto! Confusão no jogo de bolinhas na Rua dos Fundadores. Sempre que isso acontecia, Zé Pisquila aparecia pronto para incendiar a briga. Adorava ver dois amigos brigando. Nas férias escolares, então...

O joguinho de bolas de gude era para valer. Quem perdesse, tinha que dar cinco bolinhas. Todos ansiavam ganhar as do Onofre. Bolinhas americanas, daquelas brancas, opacas e com desenhos coloridos na superfície.

O sol a pino e eles não arredavam mão de mais uma partidinha.

À tarde, os garotos, já um tanto avermelhados de terra, eram chamados para o banho. Após o jantar, a rua, ligeiramente escura, convidava-os para outros tipos de brincadeira.

Alguns amarravam pedaços de chita em cabos de vassoura e faziam disso maravilhosos cavalos andaluzes. Com eles, corriam-se léguas pelas ruas Silvares, Belém e Sete de Dezembro de Birigui. Outros optavam por brincadeiras tipo, "Uma na Mula", "Pé na Lata" e "Salva".

Pisquila gostava mais de "Cacholeta". Era mais agressiva. Mas, era na "Salva" que havia mais briga e sempre lá estava o esquálido e desengonçado Pisquila.

As crianças, que de angelical não tinham nada, começaram a incomodar-se com o sadismo do amigo e, então, num entardecer, resolveram pregar-lhe uma peça. Wilson buscou um cabo de vassoura, e Toninho, num plástico, trouxe o cocô da gata Brigite, cuja saúde daqueles dias, não era das melhores. Lambuzaram, com os dejetos da felina, uma das pontas da madeira e, para camuflar, jogaram terra por cima.

Simularam uma briga entre os dois garotos, enquanto um terceiro "anjinho" correu para chamar o sádico instigador de briga.

— Você não é homem! Você só quer brigar, porque está segurando esse pedaço de pau, disse cinicamente Toninho.

— Eu brigo com você de qualquer jeito, quer ver? Retrucou Wilson que, virando-se para o Zé Pisquila, disse:

— Segura para mim este cabo de vassoura, que eu vou brigar de mãos limpas.

Quando Pisquila, com as duas mãos, segurou a extremidade suja do pedaço de pau, Wilson puxou-o de volta, deslizando entre as duas mãos do tolo, deixando-as impregnadas do repugnante cocô da gata. Foi uma explosão de gritos e gargalhadas.

Ainda hoje, quando da sala de minha casa, em São Paulo, vejo as crianças brincando de bola na rua, ou em meio a discussões, algo estranho me ocorre. É provável que meus elétrons passem para a dimensão onde o tempo e o espaço não existam e, num devaneio quântico, vejo Zé Pisquila, com os braços levantados e as mãos sujas e fedidas, correndo atrás de nós.

E dele às gargalhadas, corremos rumo à Estrela Dalva. E continuamos correndo e zombando. Contornamos a Constelação de Perseu, levantamos poeira em Órion e, mais tarde, quando já sem fôlego, descansamos atrás do horizonte.

Caso verídico.

O Sonho de Valentim

Desde os primeiros anos de vida era fascinado em olhar para o céu. Encantava-se com tudo que passasse pelo alto: pássaros, aviões, nuvens.

Na escola, quando a professora perguntava o que ele gostaria de ser quando adulto, sem hesitar respondia: -- Aviador!

Sentava-se junto à janela. Entre uma lição e outra, olhava para cima e entrava em devaneio. Sonhava em ocupar o lugar do comandante do belo "Constellation" da Aviação Cruzeira do Sul que, duas vezes por semana, às 10 horas e 30 minutos da manhã, fazia escala em Birigui.

Nesse horário, ao primeiro ruído da ignição do avião, que se preparava no aeroporto, para mais uma viagem a São Paulo, Valentim se transformava.

Seus olhos brilhantes vagavam lentamente. Nos lábios, um sorriso que se esvaía num delicioso e discreto sonho de criança.

Em outubro, por ocasião da primeira festa da aviação da cidade, Valentim faltou às aulas por uma semana. Não saía do aeroporto. Ficava junto dos seus heróis, conversava com os paraquedistas, alisava carinhosamente os planadores. Por várias vezes, "ajudou" o comandante Pinheiro a dobrar o paraquedas. Sentia-se importante e integrado à equipe.

Saltos de 3.000 pés, de 5.000 pés, quedas livres, saltos em equipe, e o menino lá embaixo esquecendo-se até de se alimentar.

Terminada a festa, todos voltaram à rotina, menos Valentim, que tocava avante o seu projeto de vida. Iria ser, primeiramente, paraquedista, depois aviador.

Como era criança, não lhe era permitido fazer curso na área. Mas não queria perder tempo.

Junto de Amilcar, Paulinho e Edson Leitão, formaram um campo de treinamento. Às margens do Córrego do Biriguizinho, perto da ponte da Rua Silvares, começaram a fazer saltos dos galhos mais baixos das mangueiras locais. Para tanto, uma camada de areia do córrego foi, providencialmente, ajeitada no chão. À medida que o treino ia sendo desenvolvido e, os resultados satisfatórios, partiram para saltos dos galhos mais altos.

Finalmente, chegou o dia especial. Amilcar trouxe o guarda-chuva do "seu Mané", e Leitão tomou "emprestado" o coturno e a farda do irmão mais velho.

Coube ao líder e idealizador da escolinha, a honra do primeiro salto.

No galho mais alto da velha mangueira, ele se preparou. Vestindo a larga e surrada farda e, com os coturnos mais pesados que suas próprias pernas, Valentim iniciou os preparativos.

Na falta de biruta, jogou do alto, uma pena de pombo. A pena balançou, balançou, ameaçou subir e depois foi caindo, no sentido leste. Todos deram sugestão para ele pular mais para a esquerda. Com o vento, conseguiria aterrissar na outra margem do córrego, a mais ou menos vinte metros de onde estavam.

Tudo estudado e cálculo feito. O menino, de guarda-chuva aberto, pulou.

Voou como um pássaro zanzando no céu, tal como Ícaro um dia sonhou. Feliz e sorrindo da magnitude do feito, que nenhuma outra criança havia ousado, lá estava Valentim, livre no espaço. Os pássaros que por ele passavam, voavam assustados para longe. Jamais viram um menino voando.

Mas, tal como na Tragédia Grega, as crianças também negligenciaram detalhes importantes. O menino estava muito pesado com aquela indumentária e, o aparato usado como paraquedas era muito frágil, impróprio e se dobrou.

A queda tornou-se livre. Fratura exposta nas duas pernas, e três dentes a menos.

Ficou acamado durante seis meses e mais dois anos de muletas, devido à atrofia numa das coxas que o impossibilitou, para sempre, de praticar esportes ou seguir a carreira na Força Aérea.

Hoje, depois de tantos anos, aposentado, perdeu a docilidade dos gestos, o sorriso espontâneo e certos prazeres da vida.

À noite, enquanto todos se ajeitam no roto sofá, para mais um capítulo de alguma entorpecente novela, ele carrega sua cadeira de palha e senta-se na solitária calçada.

Entre uma pitada e outra no cachimbo, observa o céu, ora acompanhando o piscar das luzes de um moderno jatinho, que passa a milhares de quilômetros, ora acompanhando alguma estrela cadente.

Seu olhar é, às vezes, vago. É um olhar menino, um olhar de sonho que brotou no mais singelo berço, num homem de boa paz. Fantasia que aflorou, cresceu e transformou o menino nesse homem que, aos poucos fenece e, nunca acorda de seu sonho.

Caso verídico

O Dedo de Deus

Madrugada morrendo e o céu parecia indignado com a natureza. Som de trovões vinha do alto, junto com a água, que atravessava o guarda-chuva, gelando braços e pernas daquele estudante determinado a não perder o ônibus, que o levaria para a primeira aula do dia.

Às 7 horas da manhã, mal aparecia a claridade, ele já estava envolvido com mórula, mesoblasto, ectoderma.

No intervalo da primeira aula, dava tempo para se espreguiçar e apreciar a beleza daquele momento.

Manhã lavada, bonita e, para aqueles que olhassem no sentido de Birigui, vislumbravam o verdor iluminado pelos primeiros raios de sol, de onde emanavam aromas de jasmim, capim pangola e flor de laranjeira, perfumando a cidade de Araçatuba.

Tanta imagem marcante mostrava ser um dia mágico para o jovem de 19 anos, que via naquela abnegação e dedicação aos estudos, um caminho para os seus questionamentos interiores.

Mais tarde, tudo calmo, manipula o microscópio, acertando a posição, aumentando o visor 100 vezes mais. Colocou sob a lente, um ovo com poucas horas de chocadeira. Tudo o que foi dito na aula, parecia estar ali: coluna, esboço de cabeça e uma bolsa transparente, ligando a cabeça até a metade do embrião, com vários pontinhos vermelhos em seu interior.

— Professor, o que é isso?

— É o esboço do coração com os primeiros glóbulos vermelhos.

Ansioso, no entanto contava com o tempo para estudar o embrião nessa fase. Quase uma hora depois, num repente e, sem que o aluno tivesse acionado qualquer dispositivo, aparece no visor um movimento, uma contração na bolsa cardíaca.

A seguir, mais uma e outra. E os glóbulos vermelhos iam e voltavam e, num ritmo frequente, não parou mais.

— Pessoal, gritou ele, começou a bater!

Todos olharam sem entender o que se passava. Talvez não tivessem a mesma oportunidade, ou não se importavam com esse mistério da vida.

Olhou novamente as hemácias indo mais longe e voltando. Com os olhos vermelhos, no esforço de não perder nenhum movimento, continuava gritando para si mesmo.

— Continua batendo, começou a viver! Como pode? Quem determinou o instante da primeira contração?

Como tudo aconteceu muito rápido, não havia tempo para uma resposta. Saiu da sala e, num cantinho abaixo da janela da biblioteca, não conseguiu se reprimir e chorou.

— Meu Deus! Quem acionou a primeira vez?

Há muitos anos não pronunciava o nome de Deus e isso aconteceu naquele instante, justamente por ele que, por modismo na época de 1968, contestava a existência de um Ser Superior.

Encostado à parede, enxugando as lágrimas, dizia a si mesmo:

— Quem na vida teve esta oportunidade que eu tive? Quem? Eu vi a ação de Deus. Eu vi o toque do dedo de Deus. Estava tudo parado, e o primeiro movimento do coração só pode ter sido acionado por Ele.

O estudante ficou lá por horas, em profunda meditação e agradecimento.

Isso já faz muitos anos e, hoje, tudo parece mudado. Aquela sala já não recebe estudantes. Diminuíram-se os pios de codornas e os perfumes do campo. Os prados vizinhos foram transformados em condomínios de casas sem árvores e sem quintais. O professor Agenor não está mais entre nós. Por certo, leciona para novos alunos no plano espiritual.

O Sr. Ciro, ex-técnico de Morfologia, velho brincalhão, deve estar contando aos netos, suas trapaças, do dia em que colocou sal na água dos professores.

E por onde anda aquele menino que nunca se esqueceu daquela aula? Aonde vive agora aquele estudante que se comovia com todas as ações da vida?

Ah! Aquele menino, ainda mora em mim!

Caso verídico

Admir Belmonte Gavira

Estudantes Sonhadores

Sábado ensolarado e seco. Pelo retrovisor, uma só nuvem vermelha. O fusca 62 não ultrapassava os 60 Km/h no plano e, pela frente, 30 km de estrada tortuosa.

Desvia de um buraco aqui, uma galinha ali.

— "Bom dia, moço".

— "Mmmm dia!" – Respondeu o caipira.

Chegaram ao vilarejo onde, além do bar do Tonho, havia a barbearia e as barraquinhas para a quermesse da noite.

No ar, aroma de pão caseiro, recém assado no forno de barro, mesclava, vez por outra, com o de leitão e frango recheado, que seriam leiloados na quermesse da paróquia.

— "Vamos faturar hoje! Meu "feeling" diz que a tarde promete!" – dizia um dos jovens de branco.

— "Se for como as noites de quarta-feira, vamos sair com os bolsos cheios", completou o outro.

Trabalhavam em Coroados, uma vez por semana, na casa de dona Cida. Lá, ganhavam o suficiente para abastecer o carro e comprar roupas novas. Era a primeira vez que iam tentar alguma coisa naquele vilarejo.

No alto-falante, o responsável pelo som da quermesse anuncia gentilmente:

— "Povo de Baguaçu, encontram-se aqui na barbearia do seu Tremela, dois doutores dentistas da cidade. Farão extrações e dentaduras por um precinho bem camarada. São os doutores..."

Gavira e Jesus gelaram quando seus nomes foram anunciados. Estavam ainda no último ano da Faculdade de Araçatuba, e alguns professores caçavam estudantes que exerciam a profissão ilegalmente.

No entanto, o dinheiro naquele fim-de-semana estava curto. O baile seria à noite. Tinham prometido às namoradas.

Aumentaram o som do alto-falante. Dava para ouvir a quilômetros de distância. E os estudantes sonhavam.

— "Vou sair com Eloísa para jantar no Dário's, e depois levá-la ao baile. Vamos pedir camarão e um delicioso vinho português" – disse Jesus.

— "E eu, disse Gavira, também vou levar Arlete ao baile e pedirei ao garçom, somente uísque de 12 anos".

As horas se passaram e nenhuma alma viva na estrada. Estava muito quente, até os pássaros haviam parado de cantar. Os dois "doutores" de jaleco branco abrigavam-se na sombra da barbearia emprestada, recém-pintada de azul-anil, até que a sede...

— "Tonho, dá uma cerveja gelada, por favor!"

— "Só quente. Não tem geladeira."

— "E o que tem para comer?"

— "Só pão e tomate."

— "Bah! Pensa que somos catalães?"

Deixaram para a noite. Se o dinheiro não desse para o camarão, comeriam um filé, ou pizza.

— "Doutô! Tem gente".

Era um capiau que se aventurava a extrair três raízes infeccionadas.

Serviço bem feito e limpo. Conta apresentada. O caipira roça a barbicha e diz:

— "Sô empregado da fazenda do Senador Zancaner. "Vô" lá buscar o dinheiro e já volto" – e foi embora.

Duas horas de espera, e o caipira não aparece.

— Alô! É da fazenda do Zanca? O Zé Bigode já saiu daí com o dinheiro?

— Aqui não tem ninguém com esse nome!

O sol morria e a sinfonia de grilos já começara. Cansados, com fome e enganados, os "doutores" tomaram o rumo da volta. Farol alto, jaleco marrom de poeira, e meio sanduíche de pão amanhecido com tomate.

— Só para experimentar...— disse um deles.

Cancelaram o programa da noite. O sonho do dinheiro no bolso tinha de esperar até a próxima quarta-feira. As namoradas iriam compreender.

Chegando a Birigui, cada um foi para um lado.

Banho tomado, Jesus foi namorar na casa da noiva. O outro, sem nenhum centavo, junto da namorada que saíra da sessão kardecista, foi lanchar no bar do Zico, velho conhecido.

— "O que vão querer"?

— "Dois mistos quentes e um guaraná Batuta, por favor".

— "Mais alguma coisa"?

— "Sim, bem...Posso pagar na quinta-feira?"

Em homenagem ao inesquecível e querido amigo, Jesus José dos Santos, que se deliciava com essa nossa história, naquele fim de semana frustrado.

Caso verídico

O Plantador de Prímulas

"Meu canto de morte

Guerreiros, ouvi:

Sou filho das selvas

Nas selvas cresci:

Guerreiros, descendo

Da tribo Tupi".

Declamando baixinho, I JUCA PIRAMA, Soares entrou, constrangido, no luxuoso centro comercial. Aproveitando-se de uma promoção comprou uma caixa de lápis de cor, importada, que sua filha lhe pedira.

Perplexo, não imaginava cruzar com a professora que mudara sua vida. Lá estava Diorá, já bem velha, olhar melancólico e boca murcha. O marido continuava o mesmo, com exceção dos cabelos, agora grisalhos. O peito continuava inflado e seu olhar sutil, acima das cabeças, ainda se fixava mais em homens que nas mulheres.

Trinta anos se passaram e neste momento, por um ato desconexo do presente, toda sua história foi revisada. Uma viagem retroativa. Nas reminiscências do tempo, pelos corredores do E. E. Professor Stélio Machado de Loureiro pôde-se ouvir o professor Ricardo Stoppe, de fala dócil, com suas aulas de física. A professora Ditinha pretendendo ensinar música para aqueles que só querem jogar futebol. De repente, tensão e silêncio. O Sr. Peruzzo está vindo; vai dar bronca em alguém ou dar suspensão para a classe toda.

Nessa regressão espontânea lembrou-se também de um dia infeliz. Numa quarta-feira, a professora Mayumi, acamada, foi substituída pela inexperiente Diorá. Era novata na cidade. Triste e com olheiras pronunciadas, a professora delatava uma noite mal dormida. De voz rouca, a intolerância pairava sobre seu timbre de voz.

O seu marido não dormiu em casa; é um "giletão" – dizia Sashe, que sabia de tudo o que se passava na cidade.

Vai ver que se vestiu de peru na chacrinha do Brejo Alegre, disse Gaeti. Lá, continuou, só fazem festinhas com homens, todos boiolas.

Sem condições de dar aula, pediu para que os alunos fizessem uma redação. Trabalho fácil para Soares que adorava literatura. De Don Diniz a Drummond havia lido quase tudo, entretendo-se mais com escritores da época de Manuel Bandeira.

Mas, naquele dia, não. Era impossível. Fazia uma semana do acidente horrível que ceifou a vida do seu querido avô, sob as rodas de uma locomotiva da estrada de ferro que passava em frente à sua casa. A cabeça e seus sentidos estavam em desarmonia.

Dona Diorá, com hostilidade transbordante, tentando castigar alguém por sua sina, tão logo recebeu o trabalho, leu-o de forma irônica para toda a classe. Criticou e jogou a redação sobre a mesa, diante do silêncio, olhos arregalados e perplexos daqueles jovens de quinze anos.

Ela há de pagar pelo que fez, gritou Bocca, no intervalo da aula.

Isso não se faz com amigos da gente, continuou Paulinho.

Devido às duras críticas, numa época de delicada formação de um adolescente, enfraqueceram todos os sonhos de Soares. Daquele dia em diante não conseguiu escrever mais nada em conexo, nem cartas para amigos e muito menos poesias, coisas que ele fazia com naturalidade.

Nos vestibulares, zero em redação. Nas entrevistas para emprego era reprovado por não conseguir se expressar.

A ambição de um bom cargo público e de uma vida melhor definhou-se. Foram-se os sonhos de uma família abastada, com fazendas e de viagens para conhecer o berço da língua latina.

Atualmente, sua vida de jardineiro era árdua, com salário mínimo e família crescendo, no entanto, estava feliz. Demonstrava uma doce habilidade com flores e mantinha na memória as riquezas dos poemas de Borges, de Vinícius e Gonçalves Dias.

Numa certa manhã, ao formar mais um canteiro de prímulas num luxuoso condomínio residencial, viu entrar num Jaguar uma pessoa de semblante conhecido. O visitante não o reconheceu.

Sabe quem é esse sujeito? Perguntou Soares ao porteiro.

É o Dr. José Carlos, arquiteto do condomínio, respondeu o outro.

Não, retrucou Soares, para mim ainda é o Zé da Juja. Estudamos juntos. Eu ensinei a ele um problema de química na aula do professor Patão e ele me passou uma "cola" de inglês na aula da Dona Hebe Marone. Jogamos basquete juntos várias vezes.

O que é isso Birigui? Tá delirando? Disse o porteiro com certo desprezo. Vê se te manca negão, porque se te pegarem bêbado no trabalho tu não entras mais aqui, entendeu?

Soares, com olhar fixo no horizonte, em desanexo com o momento, não se exaltou. Com sorriso ainda jovem continuou recitando baixinho:

"Assim o Timbira, coberto de glória,

guardava a memória,

do moço guerreiro, do velho Tupi.

E à noite nas tabas, se alguém duvidava,

do que ele contava,

Tornava prudente,

"Meninos, eu vi!"

(Em memória dos queridos, Reynaldo Gianecchini, o inesquecível professor Patão, Ricardinho Stoppe, o calmo professor de Física, a jovial Hebe Marone , e os amigos Marcos Bocca, e José Carlos Caparica Olzon, o Zé da Juja, que partiram muito cedo, para onde todos nós iremos um dia).

Caso quase verídico

O Ferreiro

Dele, a minha primeira lembrança era a de um homem grande, de mãos calejadas, carregando um ou dois filhos nos seus fortes braços.

Sobressaía por sua habilidade manual e sua capacidade de transformar metais.

Diante da bigorna e da fumegante forja, transmutava o ferro em arte com tal facilidade, que despertava admiração nos seus amigos e parentes.

Certa vez, todo orgulhoso, fez bercinhos, daqueles dos contos de fadas, para a neta e o sobrinho que iam nascer, e também um cavalinho de balanço para alegrar o filhinho doente.

Para amenizar o barulho do esmeril e equilibrar sua mente, ele mantinha, na sombra da oficina, gaiolas com canários, patativas e coleirinha do brejo, a cujos maravilhosos gorjeios se abandonava o dia todo.

Lembro-me, também, de uma cabaça com abelhas Jataí, cujo enxame capturara ainda quando criança, e ali, no seu ambiente de trabalho, mantinha-as vivas, perpetuando suas lembranças dos doces e livres momentos da sua infância.

Insistia em que seus filhos estudassem, projetando sobre eles os sonhos que não realizara. Introvertido, ensinava às crianças, pela linguagem silenciosa dos gestos, um padrão moral que emanava naturalmente de seu espírito.

A sua introversão continha, às vezes, um desafio velado, com que rejeitava normas aleatórias de outros grupos.

Escutava mais o seu coração e os conselhos de sua irmã Rosa, que o pastor da igreja que ele frequentava.

O pastor Anatole Pirilampo dizia: "O cordeiro de Deus não pode fazer isso", e o ferreiro fazia. O pastor dizia: "Filho de Deus não faz isso", e ele não dava ouvido. Fumava sempre e bebia de vez em quando, tudo o que a Igreja Batista de Birigui não permitia.

Certa vez alugou um salão de sua propriedade para a Igreja Testemunha de Jeová. O Pirilampo e todo o grupo masculino da igreja, que pareciam renascidos das cinzas da Inquisição, vieram para uma reunião, aconselhando-o a rescindir o contrato.

"Um crente batista não pode misturar-se a essas religiões do diabo", bradava um dos inflamados e caricatos inquisidores. O ferreiro pacientemente escutava.

Para que ele não tivesse prejuízo, prometeram alugar a sala para a instalação de uma biblioteca da igreja.

Realizou-se o acordo verbal. A sala ficou vazia um mês, dois meses, até que no oitavo mês, sem que os protetores da moral batista fizessem menção de cumprir o prometido, o ferreiro espanhol alugou-o para a Legião da Boa Vontade.

Ele, que de sua boca nunca se ouvira um palavrão ou uma blasfêmia sequer, diante dessa "afronta" foi, numa reunião secreta, expulso do quadro de ovelhas queridas do Pirilampo.

Sua mãe chorou, sua esposa ficou perplexa e, só ele, com aqueles olhos verdes claros mergulhados na fumaça do cigarro, sorria calmo, deliciosamente, enigmaticamente...

Ele era assim mesmo e assim ele vivia. Das suas mãos surgiam esculturas poéticas; da sua vida, irreverência; mas de seus sonhos, só castelos inacabados.

Um infarto surpreendeu-o, ainda jovem, numa tarde ensolarada de janeiro. O Dr. José Jorge tentou salvá-lo. Não deu. Apenas 49 anos de arte.

Isso já faz muito tempo, mas, quando me vêm alegres e agradáveis lembranças, ainda choro de saudades.

Indalécio, meu pai.

Caso verídico

No "Tiebreaker"

Após a caminhada matinal do ensolarado domingo, ele abre o espesso jornal.

Giulismari, sua mulher, morena, corpo bem feito e boca sensual, convida-o para ir ao Pérola clube. Patrick não aceita, dando uma tênue desculpa. Queria fazer uma surpresa à amada. Faria o almoço e, após a sobremesa, iriam namorar até o anoitecer. Sonhava usufruir de uma tarde assim.

As lembranças da juventude na Europa, ajudam-no a escolher o menu: "Magret de Canard à la sauce du Vin Rouge e Baies Roses", acompanhado de arroz com manga, frita na manteiga com salsinha.

Para criar um clima mais apropriado, coloca no estéreo, um disco de Edith Piaf. As reminiscências vão e voltam, pulam e se desprendem do subconsciente, tal como as bolhas de sabão que se soltam das mãos dos meninos do parque.

Serve-se de uma boa dose de Calvados e se prepara para a deliciosa operação, que aprendera com os pais quando ainda era criança.

Frigideira de cobre estanhada, uma colher de manteiga e duas de azeite. Refoga a cebola e o alho bem picados. Doura dois peitos de pato, temperados na hora, com sal e pimenta do reino. Remove-os e dissolve a crosta do fundo da frigideira com vinho tinto, em fogo lento, até reduzir. Acrescenta uma pitada de alecrim fresco, meia folha de sálvia, louro e cebolinha picada.

Uma colher de manteiga torna o molho mais aveludado.

Em seguida, Patrick coa sobre os filés de pato, o molho perfumado, adicionando a pimenta rosa de Madagascar, reservando-os em local quente.

Numa travessa, prepara uma salada de folhas escuras de alface, fundos de alcachofra e tomate caqui. Prepara um molho à parte, com azeite grego, suco de maracujá fresco, dill e sal. Sobre o tomate, acrescenta, ainda, uma leve pitada de orégano seco.

Quando ia preparar o arroz, Giulismari ligou do clube.

— Amor, você não vem? Está todo mundo aqui. Está havendo um campeonato de basquetebol. Patão, Ricardinho e Tatão estão jogando e você vai gostar. Já mandei preparar uma batidinha de limão para você.

Patrick deu outra desculpa e disse que não iria.

Ela, que sempre sonhara com um marido esportista, bateu o telefone, irritada.

Patrick continua a sua alquimia. Faz o arroz numa panela, enquanto refoga cubos de manga Haden em outra. Acrescenta uma pitada de sal e pimenta do reino branca moída na hora e, ainda, por cima, salsinha picada. Reserva-os em local aquecido e só vai misturar a manga ao arroz, na hora de servir.

Em seguida fatia, no sentido do comprimento, três bananas com cascas e coloca-as na travessa refratária, cobrindo com uma mistura de mel, suco de limão, casca ralada de laranja e, uma fava de baunilha aberta. Leva-as ao forno para serem assadas por 15 minutos.

Preparou a mesa para receber a musa na sala em que ecoa, suavemente, um som de violino. Uma garrafa do excelente Bourgogne é aberta, antecipadamente, para aerar, enquanto vai degustando, de modo lento e moderado, mais uma dose de Calvados.

Quinze minutos depois, chega a amada e, esbravejante, com o olhar de quem bebeu uma ou duas caipirinhas de vodca.

— Ah! Hoje você resolveu cozinhar! Aposto que já tomou todo o uísque... Pela sua cara...

Subiu a escada meio trôpega.

Ele ainda arriscou:

— Giulinha, você vai descer para almoçar?

— Não! Não estou com fome. Já comi umas esfihas. Vou tomar banho e depois quero assistir ao jogo de vôlei pela TV.

Brasil e Cuba começaram a jogar às cinco em ponto. A tarde morria, enquanto os filés de pato esfriavam na mesa.

O tempo silenciou a música no estéreo, dissipando o sonho de uma tarde amorosa.

Às 6:45 horas, o jogo termina, enquanto uma repugnante mosca sobrevoava os pratos.

Brasil venceu Cuba...No "tiebreaker".

Pavarotti

Como por encanto, ao cair das folhas da Sibipiruna do jardim, somos presenteados com o canto de uma ave, que dentre as mil e quinhentas espécies que vivem no Brasil, é uma das mais belas e de canto inconfundível: O Turdos Rufiventres, mais conhecido como sabiá laranjeira, ave cosmopolita e bela, de costas pardo-escuras e barriga cor de ferrugem.

Sua sinfonia começa na madrugada e se repete à tarde, quando o sol já vai perdendo sua força.

Em julho deste ano, no entanto, uma dessas aves sobressaiu sobre as demais, pelo seu tamanho, peito, nuance de cor e, principalmente, pelo seu canto. Era mais forte, límpido e melodioso. Dava para se ouvir a centena de metros.

Pela regularidade e beleza de seu canto, passei a chamá-lo de Pavarotti, em alusão ao Luciano.

Todas as manhãs, às 5 horas, ele nos despertava com a sua melodia.

Nos fins de semana, eu ficava a espreitá-lo da janela de meu quarto.

Ele me via e não se importava. Olhava de um lado, de outro, fazia um tremelique com as asas, como se quisesse dizer: estou à vontade, você é meu amigo.

Era um destemido, um superego tal qual o outro Pavarotti da velha bota.

Um dia, porém, numa sexta-feira, o Pavarotti cantou mais forte.

Olhei para o relógio, eram quatro horas, uma hora antes do habitual. Estranho, pensei.

Arlete mexeu-se na cama, reclamou um pouco do meu amigo turdos e voltou a dormir.

Lembrei-me da Julieta do romance de Shakespeare, reclamando do canto madrugador da cotovia.

Razões diferentes. No caso dos Copuletos, chegada a hora de Romeu partir, e a razão presente, era tê-la acordado tão cedo do reparador mundo de Morfeu.

E o sabiá, encostado à minha janela, soltava toda sua inspiração naquele fim de noite, ainda totalmente escuro. Cantava para os quatro pontos cardeais, mais forte ainda que nos outros dias.

A insônia chegou, como quem não quer nada, e ficou.

Passei a divagar: Como esta ave consegue tirar sons alegres e às vezes tristes, sempre belos e melodiosos?

Será que há explicações, ou será que acontece como o besouro, que pelo seu peso e pequenas asas, a ciência afirma que ele não pode voar, e ele voa.

A hora não passa. Ouço os primeiros sons do tico-tico e do bem-te-vi. Mais alguns minutos, ouço o som gracioso da corruíra.

Preciso chegar mais cedo ao consultório. O protético não entregou o trabalho da Rita Lee, e ela vai voltar aos palcos na semana que vem. Ah, esses protéticos!

Preciso pedir o modelo de gesso do Dr. Waldir. Quero fazer uma placa para clarear os dentes inferiores. Com a mudança do consultório, ele está fumando muito.

E o Habib? Já não sei qual placa oclusal fazer para ele.

Eu não entendo o Dr. Messias. Ele dá alimentos balanceados, vitaminas importadas e legumes frescos para seus dois cavalos no Jóquei; quer torna-los futuros campeões. E para seus filhos, só compra balas, refrigerantes e chocolates.

E o Pavarotti no galho da sibipiruna não para de cantar.

O rádio relógio liga. Seis horas. O homem do tempo diz que o dia vai ser maravilhoso e a temperatura amena. Tomara!

De súbito, a porta se abre. Rafael e Leticia falam alguma coisa que não consigo entender, enquanto a Vicky pula em cima de mim, latindo e tentando me lamber. Um "parabéns a você" cantaram.

Eu estava completando quarenta e seis anos.

Durante toda a minha insônia, não me lembrara da data, mas acho que Pavarotti, o meu amigo pássaro, sabia do meu aniversário.

Depois deste dia, ele não apareceu mais.

Passeio pelos parques do Ibirapuera, Aclimação e pelas matas nativas de Birigui, vejo alguns parecidos, mas não têm a mesma beleza e canto. Não têm a mesma graça.

Tenho certeza de que no próximo inverno, ele voltará.

(Em memória dos queridos amigos Waldir Langone, Habib Bridi, e da doce poodle Vick, que se livraram da pesada estrutura do corpo, e nos deixaram uma imensa saudade).

Caso verídico

Num dia de Santa Claus

Manhã rançosa e escura. Lá fora, as pessoas frias e úmidas acinzentavam a cidade. O vinho ordinário da noite anterior trouxe ao Dr. Leonardo Rytter, uma dor de cabeça latejante. Para aumentar ainda mais o mau humor, a cunhada, que veio de Birigui para fazer compras em Nova Iorque, liga para o seu quarto e berra ao telefone: — Está tudo molhado e ventando. Não vai dar para passear em lojas, nem comprar ingressos. Como se a cidade tivesse apenas teatros e lojas para ver.

O alarme de incêndio toca pela terceira vez em cinco dias. Já não o assusta mais. Disparou de madrugada e, agora, novamente. Deve ser algum fumante no quarto errado.

Ao invés do café, um copo de sal de frutas e um arroto em homenagem ao azedume da manhã.

No telefone, uma irritante luz piscando ininterruptamente. Eles querem que desça para pagar oito dólares pela TV. E só mexer na tecla errada, tem que pagar. Leonardo nega-se a sair da cama. Não quer descer e encarar aquela feia e antipática recepcionista. Decide continuar deitado tal como sua esposa, que dormia tranquilamente. Para ela, mesmo em viagem, o dia só começa no horário do shopping.

Com o controle remoto na mão, pá, pá, pá. Sessenta e seis canais em 58 segundos e, a cada dia que passa, o faz com mais destreza.

Canal 53, uma linda jovem. Ah! Pelo menos um rosto alegre e bonito neste dia infeliz. Ela se chama Mary. Ganharia qualquer concurso. O olhar é suave e deleitante, a transmitir paz. O sorriso é belo, com todos os dentes perfeitos, alinhados e claros. Os lábios, ligeiramente carnudos, dispensavam o batom.

Falou alguma coisa à entrevistadora e sorriu novamente. A comissura labial elevava-se ligeiramente e esboçava duas leves covinhas na bochecha. O seu modo de falar, o olhar e o sorriso, exprimiam serenidade.

À medida que a câmara se afastou, uma surpresa.

Era mais uma vítima dos remédios teratogênicos. Nasceu sem os braços e sem a perna esquerda. Da perna direita, apenas um segmento com esboço do pé, contendo dois artelhos (dedos), com os quais executava todas as atividades diárias: escovar os dentes, trabalhar no computador, acionar a cadeira de rodas. Enfim, levava uma vida independente, tanto em casa como na escola.

Mary falava das mazelas, sem mágoa ou comiseração. Expressava otimismo e parecia feliz. Falava do futuro, da beleza das quatro estações e da magia da vida.

O sorriso de Mary e sua visão do mundo transformaram aquela manhã. A mensagem da jovem naquele momento mudou a fisiologia cerebral de milhões de pessoas.

Dr. Leonardo desligou a TV e, por alguns instantes, ele e Cristina, que despertara no meio da entrevista, ficaram em silêncio.

Vinte minutos depois, banho tomado e bem agasalhados, os dois desceram para o café. Pagaram a conta da TV para a recepcionista que não era tão feia assim, e enfrentaram o frio. Precisavam caminhar e ver gente.

Na esquina, uma jovem estudante executava no violino uma bela música de Gershwin. Cristina deixou dois dólares para a moça que agradeceu numa discreta reverência. Mais adiante, cruzaram com pessoas alegres que se cumprimentavam.

De repente, o murmúrio aumentou. Soltaram gritos de êxtase e olharam para o céu. Algo, bem leve, caiu no ombro do doutor, e outros, nos negros cabelos de Cristina. Eram os primeiros flocos de neve.

Uma alegre velhinha, de sobretudo preto, distribuía doces a todos que passavam pela calçada. Aproximou-se de Leonardo e esposa, e deu-lhes pedacinhos de bolo. Abraçou-os com ternura e disse: Merry Christmas, Merry Christmas.

Existia em todos uma transformação, uma alegria nas faces, ou quem sabe, na alma.

O sinal de pedestres abre e os dois, atravessam a já esbranquiçada Lexington, rumo à Quinta Avenida.

O Comunista

Limitações de caráter racional definiram-se por si mesmas, a experiência em face de outros, levando-os às exigências dogmáticas e, às servidões insanas.

— Branco, doutor. Só quero dente branco, ordenava firme e delicadamente, Roberto Silva. Num lento trabalho na justiça acrescentou Anatole, ao seu nome de batismo, comum no país que o deixava fascinado, tanto pela doutrina, como pela sua história.

— Já conhece a União Soviética, Dr. Mário Sérgio? E Cuba?

E continuou: — Nunca visitei a Rússia, mas Cuba, ah...Eu, Lula, Zé Dirceu e o Chico Buarque, lá estivemos umas 5 vezes.

— Você sabe doutor, que em Cuba se leem mais livros que no Brasil? Não?

Era um comunista solteirão, rico, de muito bom gosto, cuja vaidade... Bem, era um pavão personificado. Vestia-se com as melhores grifes italianas e inglesas. Orgulhava-se de seus dentes claros, expondo um sorriso de gente de bem com a vida.

Após anos de tentativa, conseguiu um visto para viajar a Moscou.

Máquina fotográfica no ombro e muitos sonhos na cabeça. No bolso, poucos dólares. Esse símbolo de capitalismo degradante, que só traz desigualdade e violência, não seria muito necessário num país socialista.

Quando pisou o solo da Praça Vermelha, chorou de emoção – "Que beleza, que fascínio naqueles monumentos! Ah...E a arquitetura...E o povo..." escreveu ao amigo de Birigui.

No quinto dia, no entanto, quando tomava seu banho matinal, escorregou, batendo com a boca na pia.

O incisivo central esquerdo partira em diagonal, perdendo mais da metade do dente, deixando o nervo exposto. Dor e desespero. No posto dentário mais próximo, as dificuldades de comunicação. Logo depois, nervo tratado, dente consertado, com um sinal do dentista, foi convidado a retirar-se. O serviço estava pronto e gratuito. Ao sair, não resistiu a um sorriso no espelho, e... dente de aço! O dentista colocou uma coroa de aço no meio daquele sorriso de que tanto se orgulhava.

— Doutor, não pode ser! O senhor se enganou!

O russo vociferou alguma coisa e virou as costas, chamando outro paciente.

Anatole ficou mais de uma hora, tentando entender-se com os outros funcionários, até compreender que, no regime socialista, a estética não tinha importância. Aquele tratamento era igual para todos, independente da hierarquia.

Com a mão à frente da boca, para que ninguém visse a "joia" colocada num homem tão vaidoso, comprou passagem. Decepcionado, voou no primeiro avião rumo a Paris, onde restaurou o dente e conheceu Anne, sua atual esposa, uma americana esguia, inteligente e feroz investidora em ações.

Depois de alguns anos, o Dr. Limberti, numa dessas viagens a congressos, foi visitar o amigo e ex-cliente no escritório localizado no último andar de um edifício da Brickell Avenue, de onde ele aplicava nas bolsas de Nova Iorque e Chicago.

— Mr. Anatole, *please*?

— *Who*? A secretária nunca ouvira aquele nome.

— Roberto Anatole Silva, *please*?

— Ah, Mr. Bob.

Mudara o nome novamente.

Convidado para jantar, Dr. Mário seguiu Bob, até sua casa.

Meia hora depois, estavam já sentados no terraço da mansão de frente para um mar, que refletia todos os matizes da tarde, que se despedia.

Enquanto se deleitavam com a beleza do momento, Mário se lembrava da trajetória onírica do amigo, do sonho da igualdade entre os homens do mundo socialista, passando evidentemente pelo dente de aço brilhante.

Foi interrompido, quando o mordomo lhe serviu uma taça de Champanhe e à Anne e Bob, Bourbon, seguido de um retinto caviar... Iraniano, *of course*.

Ficção

51

Contos Amenos

52

A Noite em que Namorei
Ana Paula Arósio

A bruma luminosa levantou-se à tarde, descobrindo pouco a pouco a linha do horizonte, refletida nos lindos olhos azuis.

— Posso ajudá-la?

Ufa! Ainda bem que alguém fala a minha língua, desabafou surpresa.

Há horas eu observava a bela atriz, sem que ela percebesse. Discutia muito com o gerente. Sua reserva fora cancelada por uma "falha do computador".

Para acalmá-la, convidei-a para tomar um drink no bar do hotel. Depois de algumas taças de Brunello, ela acabou aceitando a proposta de dividirmos o meu amplo quarto.

Pudemos apreciar a poesia do Rio Arno ao pôr-do-sol, os reflexos da Catedral Santa Maria Del Fiori e a majestosa Ponte Vecchio, paisagem filtrada pelas petúnias vermelhas, que guarneciam o peitoril da janela.

Ana Paula chorou.

Por muitos anos alimentara o sonho de conhecer Florença. Emocionada e, com lágrimas nos lindos olhos, beijou-me demoradamente.

Mais tarde, enquanto massageava suas costas com esponja, num delicioso banho de espuma, ela falou de seu árduo trabalho na TV, do tumultuado namoro com um ator, o Tarcísio não sei do que, lamentou seu embotamento sensitivo e pediu-me ajuda.

— Conhece Margot Anand? Perguntei, explicando que, há dois anos, em Birigui, fizera um curso de ressensibilização com essa especialista francesa e poderia, naquela mesma noite, aplicar-lhe meus conhecimentos.

Sorte dela! Conhecer um homem maduro e experiente como eu, depois de perder tempo com imberbes, metidos a atores...

A campainha tocou. Era o funcionário do Ritz com o buquê encomendado. Acendi as velas e ajudei Ana Paula a sair da banheira, enxugando-a delicadamente, suavemente...

No quarto, olhos vendados por um lenço de seda, ao som de uma música tibetana e batendo levemente um "singing bowl", fui despertando-lhe a sensibilidade auditiva.

Entre um toque e outro, sussurrava ao seu ouvido:

— Você é uma deusa, você é única, você é luz. No centro do quarto, acomodada sobre uma almofada, ouvia silenciosamente.

Com perfume de sândalo e uma mistura agradável contendo almíscar e gotas de Chanel, despertei-lhe o sentido olfativo. Em seguida, passei delicadamente em seus lábios, geleias de tâmara, apricot e o delicioso mel de flores de lavanda que ela, lentamente, sugava de meus dedos.

Na minha mão em concha derramei um pouco de Champanhe, e aquela deusa nua, em minha frente, sorvia ávida, pequenas estrelas que se desprendiam com os espocar das bolhas desse maravilhoso vinho.

O passo seguinte foi o tato. Acomodado atrás dela, fui acariciando seu corpo, sentindo os seios palpitando e um frêmito percorrer sua alva pele, murmurando docemente:

— Você é uma deusa. Você é a mulher mais linda, mais envolvente do mundo, você é sensual...

Nesse instante, minhas mãos puderam sentir as pulsações aceleradas de seu coração e sua respiração ofegante de fêmea lasciva, prestes a sair de sua obscuridade sensitiva.

Removendo o lenço que cobria seus olhos, levei-a ao último despertar. Diante de cada vela acesa, dispostas exatamente nos pontos cardeais, expliquei-lhe o significado, conduzindo-a, finalmente, ao *"Le Grand Bouquet"*.

Ao ver aquele arranjo de tulipas entremeadas de perfumadas flores de laranjeira vindas dos arredores de Sevilha, exclamou alto, num misto de excitação e deslumbramento. Ana Paula abraçou o buquê e voltando-se, beijou-me com tal ímpeto, que senti o impulso de seu corpo contra o meu. Estremeci, murmurando: — minha de...

Você está bem? Perguntou minha esposa.

Ahm?

Você está muito agitado, gemeu a noite toda.

Não, foi só um susto. Um pesadelo, um pesadelo...

Minha mulher reclamou mais alguma coisa, virou-se do lado e adormeceu novamente. Tentei reconciliar o sono, na ânsia de voltar a sonhar, mas não...

Seis horas. Faço a barba, tomo meu banho, saboreio um café com gosto de cotidiano, e divagando, vou atender o primeiro paciente.

No rosto, um sorriso vago e feliz, mas ninguém comentou.

A Prima do Oscar

O "dolce farniente" dos rapazes era a tônica e o comportamento da época. Bar do Comércio, nos fins de tarde, para paquerar as mocinhas que saíam do Ginásio, ou do Instituto Noroeste. À noite, Bar do Zico, ou Cantina Oásis, esticando, vez por outra, até à zona Nova Brasília.

Nas madrugadas, para fazer uma "boquinha" e saciar a fome, um delicioso Bauru, feito na chapa de ferro fundido, jamais lavada, no velho Bar Metrópole. Depois, cama para sonhar com uma vida mais agitada, ou com o baile no fim de semana.

Brilhantina e sapatos lustrosos eram ingredientes obrigatórios para aqueles alegres bailes do Pérola ou do Birigui Clube.

Zé Mimura, João Vanceto, Flavinho e Oscar eram frequentadores assíduos. De vez em quando havia um inadimplente, mas o cobrador do clube, "seu" Manoel, avô da Mara Eliane, fingia não ver, e os rapazes entravam e dançavam felizes, naquelas longas noites de sábado quente.

Dançavam agarradinhos com Mércia, Cidinha e Marlice, e quando não havia mais interessantes dançarinas, se sujeitavam até a dançar com Lisbethel, moça bonita, mas sem graça, insípida como a velhice.

Com semanas de antecedência, o amigo anunciava a vinda da prima; a agitação tomava conta dos rapazes.

A espera era sufocante. A impaciência dos rapazes, como de todos os jovens da época, era incomensurável.

Mimura, o único com relógio, consultava-o a cada minuto. Quando não solicitado pelos amigos, fazia-o pela sua própria ansiedade, numa longa agonia de espera da noite em que íamos dançar com a prima do Oscar.

De longe vinha a musa tão esperada, proporcionando deliciosos momentos que eletrizavam nossas carnes e estremeciam nossas entranhas. Ela sabia disso, e não se envaidecia.

Ela era a Psiquê e Afrodite no mesmo corpo. Era equilíbrio e instinto no mesmo coração.

Com frequência, nas demais moças também emergia essa dualidade. Afrodite, que, do fundo do mar ascendia sua energia, sobrepujava a razão e o bom senso. Dos homens fazia escravos e, por minutos ou dias, exigia subserviência, ora mostrando o espelho para sua autoadmiração, ora borrifando-lhe perfume nos longos cabelos que velavam sua altivez e insolência, ao invés de expor amor e sensatez.

E os heróis, que dessas moças se livraram, sonhavam com uma dança tão juntinha e prazerosa com a prima do nosso amigo.

Ninguém lembra o seu nome, mas seu perfume ainda está em nossas mãos. Por mais que passem os anos, por mais que aumentem nossos cabelos brancos, ainda se sente o calor e a saudade do corpo da musa loira junto ao nosso peito e, ao nosso ventre.

Ela era bela e única. Era mulher e menina num só corpo, coberto levemente, por um vestido vermelho, tão justinho que revelava detalhes de uma delicada e bela silhueta.

O roçar das suas coxas nas nossas, causava-nos um arrepio que transitava livre nas nossas colunas, trazendo-nos um anseio de mais um beijo que não foi dado e, da doce e encantada palavra que não foi dita.

A maioria dos rapazes queria romper barreira. Sonhava em seduzi-la e desvendar os segredos contidos na intimidade da musa, em cujo recato formava um obstáculo sólido e complexo. Quase ninguém conseguiu... Quase...

Nos momentos íntimos sua respiração era ofegante e sua carne quente e úmida. O tremor de todo o seu corpo eriçava seus pelinhos macios e perfumados, aumentando a libido, num incansável e suave movimento quase divino.

Seus olhos, semicerrados, vagavam entre estrelas e, os cabelos, numa dança lenta e graciosa, moviam-se, ora revelando inteiramente seu rosto, ora desnudando seus seios, fazendo daqueles instantes, momentos inebriantes e eternos.

Ao voltar ao baile, a discrição e a leveza envolviam os dois. Seus espíritos, juntamente com os cantos dos lábios, se elevavam levemente em sorrisos enigmáticos, que perduravam, perduravam...

Com o silenciar da orquestra e a noite acabando sem a musa, que fora embora com o primo, esses cavaleiros, que pareciam emergir da Cavalaria do General Custer, ainda munidos de muita energia, levantavam suas tendas, estrangulavam peles vermelhas e dormiam como heróis, sonhando com outros bailes e, com a sensual e doce musa, a prima do meu amigo Oscar Teixeira Mendes... Se é que, algum dia, eu dancei mesmo com a prima do meu amigo...

Caso "quase" verídico;
mas quem se importa?

Pastor Lindolfo

Todos os semianalfabetos de sucesso se orgulham de não terem estudado. Lindolfo não era diferente. Canalha, bêbado, mas de beleza helênica, recebia os melhores salários quando a seleção era realizada por mulheres carentes, responsáveis pelo RH das empresas.

Sua mãe, que fizera de tudo para que ele fosse um doutor, apesar de ter nascido sem dentes, analfabeta e virgem, quando tal fato imaginava-se ter ocorrido somente com a mãe de certo ex-presidente, esforçava-se lavando roupas para a vizinhança, em troca de algum dinheiro.

Dizia: Meu filho, um dia sua beleza vai acabar e, se você estudar agora, terá uma profissão digna. Lindolfo não dava ouvido. Gastava seu salário com bebidas e mulheres da zona do baixo meretrício de Birigui e, quando o dinheiro acabava, prostituía-se com a mulher de um famoso médico de Araçatuba.

A bebida, o cigarro e as noitadas minavam suas forças. Sua "performance" já não era a mesma e a vontade de trabalhar chegou ao nível sofrível.

Em casa, deitado no sofá, acordou com o programa de um pastor americano que sua mãe gostava de ouvir e, para quem, de vez em quando, enviava o dízimo. Aquilo despertou seu interesse e tirou-lhe o sono da noite. Pegou a Bíblia de sua mãe e, com muita dificuldade, leu e decorou capítulo por capítulo.

A Tenda de Jesus, uma igreja evangélica criada por crentes dissidentes, funcionava sob uma lona de circo, onde se localiza atualmente o Mercado Municipal. Foi até lá para observar o culto. Decepcionou-se. Achou que deveriam pregar com mais ênfase, incutir mais culpa e medo naquele povo que não parava para raciocinar, levando, assim, os fiéis temerosos a darem mais dinheiro para a igreja.

Propôs apresentar o culto da próxima noite. Sucesso total. O dízimo triplicou e a Tenda passou a receber mais fiéis. Os outros pastores, constrangidos e invejosos, mudaram-se para outras igrejas.

O pastor Lindolfo parou de beber e fumar. Eventualmente "dava um tapa no capeta", como dizia, referindo-se ao hábito de fumar um cigarro de erva fedida e enrolado à mão. Em seis meses, comprou um automóvel importado e uma fazenda em Brejo Alegre, a poucos quilômetros da cidade.

Andava para cima e para baixo com a Bíblia sob os braços. Pensava em se casar, para inspirar mais respeitabilidade.

Um dia, na Tenda, apareceu Liliane, esposa de um antigo frequentador dos cultos dominicais. Era a mulher mais linda que já pisara naquele templo. Vinte anos mais nova que o marido, de sensualidade provocante, olhos azuis, emoldurados por cabelos loiros, como se fora seda. Lindolfo tremeu.

Passou a cortejar a jovem que fingia não perceber. Quando chegou ao extremo do explícito, ela disse que não podia ir para a cama com ele, porque era casada e, também porque seria pecado.

Ele contra argumentava com grandes promessas e muita poesia. Quando parecia não haver mais argumentos, jogou a cartada final. Disse: Irmã Liliane, eu, como missionário, posso lhe dizer que sexo entre irmãos de fé não é pecado.

Os olhos da moça brilharam, a respiração profunda fez-lhe brotar nos lábios, um sinal de esperança. Lindolfo percebeu e se aproximou. A jovem, um pouco constrangida e com um sorriso pálido, sussurrou-lhe ao ouvido: ...Então, quando?

Lindolfo passou a frequentar a casa da fiel todas as terças e quintas-feiras, à tarde.

Um dia, o marido de Liliane voltou para casa mais cedo e flagrou sua mulher nua, sob os lençóis. O pastor, de cueca e olhos arregalados, abriu a Bíblia e começou a gritar: Saia desse corpo, Satanás; saia desse corpo!

Virando-se para o marido traído disse-lhe: Ajude-me nesse exorcismo. Tire sua camisa e calça, pegue o livro sagrado e ore comigo. Assustado, o pobre homem obedeceu.

Passou o resto da vida grato ao pastor, por ter purificado sua esposa e seu lar.

Fideuà

A tradição espanhola não se enganou ao ver no amor, uma forma de iniciação e um dos pontos onde o secreto e o sagrado se tocam. A culinária é uma delas e, Dolores conhecia muito bem.

Ela grelhou nove camarões, três lagostins e reservou-os. Na paellera, refogou 400 gramas de peixe em cubos, dois dentes de alho, dois tomates picados sem pele e uma colher de sobremesa de páprica doce que, em seguida, foi molhada com o caldo de peixe, para não queimar.

Não trouxe açafrão em pistilo, porque em Araçatuba ninguém conhecia essa especiaria. Pediu para a anfitriã Nicinha, ir ao mercado de Birigui, enquanto ela ficaria com o compadre, ensinando-o a fazer tapas e um aperitivo com vinho e frutas.

Nicinha se esquivou. Desconfiada, achou que a amiga queria ficar a sós com o seu Zelão. E este, então, muito a contragosto, foi e trouxe alguns gramas de açafrão, que foi triturado e incorporado à frigideira com 400 gramas de macarrão fino, tipo cabelo de anjo. Temperou com sal e acrescentou ainda, um pouco de pimenta vermelha e seca.

Cinco minutos antes de terminar o cozimento, agregou os lagostins e os camarões previamente grelhados, levando a paellera ao forno por mais alguns minutos, para a Fideuà repousar e realçar o sabor. Em seguida, degustaram o delicioso prato, e a sangria feita com vinho de Rioja.

Nicinha e Zelão, que viviam em Birigui, sempre acolheram seus amigos com atenção e carinho. O marido de Dolores, como tantos outros de Araçatuba, viajava constantemente para suas fazendas, alheio à solidão da esposa. A sensual e carente mulher, não suportando mais aquele povo, com suas conversas de bois, arrobas e que só elogiavam as mulheres chamando-as de "carne de primeira", visitava com frequência os compadres.

Naquele dia, Dolores, a bela de lábios carnudos, preparou para os amigos um prato que aprendera em Gandia, cidade litorânea perto de Valência, Espanha. No entanto a biriguiense, que sempre a tratou bem, notou a agitação da comadre, com as pupilas dilatadas e as pernas que se abriam ligeiramente, quando se dirigia ao Zelão.

"Mulher que gosta de sexo mantém um casamento feliz", já dizia Manivela, o grande filósofo. Só que Dolores devia gostar de sexo com maridos alheios, pensou Nicinha, que se mantinha calada, apesar de sua irritação, para não ser tratada como louca ou delirante.

Um dia Zelão capotou o carro na entrada da cidade, devido ao asfalto de péssima qualidade, obra de um prefeito quercista. Dois meses de cama. Dolores, que se valia da experiência adquirida com a doença da falecida mãe, insistiu em ajudar na enfermagem.

Toda de branco, visitava o convalescente diariamente e trocava-lhe os curativos. Roupas curtas, e pouco cuidado ao sentar-se na poltrona do quarto, eram o estratagema para exibir a coleção de calcinhas compradas num Sex-Shop do

Rio de Janeiro. Cada uma com figuras e inscrições diferentes, como: Entre com carinho, Entrada permitida, Umidade relativa: agradável.

A audácia e as insinuações foram minando a paciência da doce esposa do convalescente, até o dia em que a provocante Dolores chegou com a blusa semiaberta, saia curtíssima e quis ajudar a comadre no banho do nosso enfermo. Nicinha explodiu de raiva e expulsou a devassa aos berros. Depois disso, a esposa do fazendeiro nunca mais visitou os amigos.

Zelão, já recuperado, sentiu-se na obrigação de agradecer e reparar o desagradável episódio.

Às primeiras penumbras do anoitecer em Araçatuba, ele entrava silenciosamente na casa da comadre, cujo marido permanecia na fazenda, e agradecia aos cuidados recebidos.

Admir Belmonte Gavira

68

Viagens... Só de Cinco Dias!

Braga concebia um modo de vida, no qual a tarefa mais pesada poderia perfeitamente ser executada, sem que se envolvesse nela por inteiro. Mas aquela pergunta o pegou desarmado.

"Me leva, doutor?"

"Mas...você não é casada?"

Paciente há dois anos, apesar de sua descontração ao despir-se para mostrar uma pinta aqui, uma acne ali, nunca se insinuara.

Cauteloso, mantinha-se discreto, sem deixar de encantar-se com o bumbum voluptuoso e os belos seios da paciente.

Ele, *"Bon-vivant"*, fugia dos relacionamentos comprometedores, tal como mulher foge de homem pobre. Mas o pedido da paciente excitou-o.

Ah! Oito dias em Miami com aquela safadinha linda, carinha de Meg Ryan? Quem resistiria?

Nelly, por sua vez, convenceu o marido: irei aos *"States"* com uma amiga.

Julião, que nunca viajava para não deixar suas fazendas de Buritama nas mãos dos peões, botou banca:

"Sozinha, você não ia mesmo. Cê sabe que o povo de Birigui é fofoqueiro, né?"

O médico reservou um hotel anexo ao Bayside, com uma bela vista para os jardins e o porto. Quatro garrafas de champanha e não saíram do quarto por dois dias. Ela, de pileque, soltou-se e fez coisas com que nunca sonhara. Implorou por tapas nas nádegas, derramou vinho no corpo do médico, sorvendo-o com sofreguidão.

Amaram-se na varanda, na banheira e, até na cama, repassando todas as posições do "Kama-Sutra". Enquanto o Royal Caribbean partia, ela, de "quatro" na cama, com o olhar esgazeado, gemeu profundamente, em convulsões de dor e de prazer que o médico lhe proporcionava.

No terceiro dia resolveram sair para conhecer as praias. Voltaram ao entardecer e fizeram amor, enquanto a bela cidade iluminava-se pelo néon. No quarto dia, comprou uma "lembrancinha" para o marido e no quinto, começaram as reclamações: o excesso de uísque, o ronco perturbador e, inconformada por não ter ido às compras. Enfim, um mau humor insuportável.

O médico lembrou-se dos conselhos dos amigos: nunca se case. Nas viagens, leve uma amante, sai mais barato. Não gasta com roupas, sapatos e presentes. O passeio já é "um presente". As transas são maravilhosas e os orgasmos, verdadeiros. O mais importante: amante não reclama.

Ledo engano. No voo de volta, novas reclamações: você me evita com esse fone de ouvido, não é?

Foram semanas sem se ver. Um mês depois, durante uma consulta, o fazendeiro convidou-o para jantar em sua casa. Fez elogios a sua "potranquinha", como chamava carinhosamente sua esposa, enaltecendo suas virtudes, enquanto mostrava as fotografias da viagem.

"Essas o doutor não pode ver. São fotos que a amiga tirou de Nelly na banheira e na cama. Ela voltou muito feliz e até aprendeu algumas palavras em "ingreis". A esposa estava muda e o médico suava frio.

Seis meses depois, Dr. Braga foi convidado para um Congresso na Holanda. Cinco dias de estudo e cinco de passeio. Pensou, então, em levar duas mulheres, uma vez que aceitam o papel de amantes apenas por cinco dias, antes de assumirem o comportamento de esposa.

Mas Nelly ficou sabendo e quis ir junto. A resposta foi negativa. A bela renegada revoltou-se e, como toda amante revoltada é um perigo, contou ao marido.

Pasmado, Julião telefonou ao doutor, dizendo estar a par de tudo, e que iria ao consultório para uma conversa de homem para homem. Braga tremeu; por precaução, armou-se com seu 38.

"Nelly já me contou tudo. Você não pode fazer isso com ela", esbravejou o fazendeiro. "Conhecer Amisterdão é o sonho dela. Se quiser honrar nossa amizade..."

São amigos até hoje. No mês que vem, Braga vai batizar o filho do casal.

Do casal?

Tomiko vai ter um Bebê

No dia da mudança, o casal despertou a atenção dos vizinhos. Ele, brasileiro, moreno, gerente da Caixa Econômica e, ela, uma japonesinha delicada, que vivia o dia todo de quimono florido.

Nunca se ouvia dela uma frase inteira sequer. Quando Mendonça, seu marido, chegava do trabalho, sentava-se num pequeno banco no jardim da sua casa e, Tomiko tirava seus sapatos. Ali mesmo, em silêncio, fazia massagem nos pés cansados do amado. Depois, num andar curto e gracioso, carregava o paletó e a pasta do marido para dentro da casa, de onde se ouvia gemidos altos e gritinhos de prazer, que se estendiam pela madrugada adentro. No início era só curiosidade, depois os homens sentiam inveja do gerente, e as mulheres reprovavam esse tipo de comportamento.

"O tempo da Amélia já passou", dizia, com desdém, Dona Norma.

Por supuesto, ella tiene los pechos pequeños y no tiene nengun trasero; en eso, tiene que hacer tonteria para su hombre", bradava Consuelo, a parteira, num despeito de dar dó.

Chegaram a formar uma comissão contra a jovem gueixa. Em defesa da moralidade e dos bons costumes da vizinhança, Dona Lurdinha, viúva e carola, de comportamento irrepreensível, tomou a frente. Foram falar com a quieta Tomiko, que, por mais de uma hora ouviu, ouviu e nada entendeu.

Vou contratar essa japonesinha para dar aulas de gueixa para você e para a Dona Lena Rocha, dizia Russo, marido de Consuelo. Vocês precisam aprender a tratar bem os maridos.

Se tu haces eso, te saco los cojones! – Bradava a parteira com olhos irados. Russo mantinha-se em silêncio. Como trabalhava à noite, passava a tarde toda na cadeira de balanço na varanda de sua casa.

Debochado que era, gritava para o vizinho:— Tem beija-flor no seu jardim, Mendonça, tem beija-flor.

E o gerente abobado, sorria e colocava mais água doce para os colibris que não existiam.

Quando a japonesa apareceu grávida, foi um alívio para as mulheres. Seu corpo ficaria deformado e, os homens do bairro não teriam tantas fantasias.

Fizeram as pazes com a oriental. Convidaram-na para chás e festinhas, mesmo com ela não entendendo nada de português.

Num sábado à noite, na quermesse da Igreja de Fátima, Tomiko sofreu as primeiras contrações. Providenciaram para que ela se sentasse até a chegada de um táxi ou da ambulância. Não deu tempo. Dona Consuelo correu e teve que atender a parturiente ali mesmo, na barraquinha da quermesse.

A roda de curiosos aumentou. Só "El Russo" permaneceu na sua varanda balançando-se.

Quando a criança nasceu foi uma surpresa geral. Um menino de olhos puxados, mas azuis e, cabelos ruivos.

Consuelo, ao ver a criança, olhou em direção a sua casa, onde o marido, já prevendo alguma coisa, preparava-se para fugir.

"Russo, hijo de una P…, te saco los huevos con la tijera y te sangro hasta la muerte"! Gritou a parteira correndo, com a tesoura na mão, em direção ao marido infiel.

Nesse instante, só se via o "cabelo de fogo" fugindo pelo quintal, e pulando os balaústres da casa do padre.

Consuelo correu para frente da casa do sacerdote.

Sem outra opção e, tentando salvar a pele do pobre homem, o padre abriu uma porta do guarda-roupa, onde havia um caminho secreto que saía na casa da vizinha, justamente anexo ao quarto da beata Lurdinha.

Um belo aposento, cama de casal luxuosa e, a foto do falecido virada para a parede. O padre sorriu "amarelo", olhou para Russo como que pedindo sigilo total, escolheu uma chave e abriu a garagem que dava para outra rua.

Quando o sacerdote contornou a Praça Nossa Senhora de Fátima, Russo escondeu-se no banco de trás do carro, mas pôde ver a ambulância chegando atrasada, como ocorre, de vez em quando, em Birigui.

Viu também seu filhinho recém-nascido, chorando, engasgado com o colostro. Num outro grupo, pessoas se divertiam, às gargalhadas, com o desfile de palavras obscenas da parteira, na frente da casa do padre.

Tão logo o carro se distanciou do local, Russo suspirou aliviado.

As mulheres não nos entendem, não é padre?

É, filho, as mulheres não nos entendem... nem nós as compreendemos, suspirou o sacerdote, seguindo em direção a Bilac.

Os Maridos de Marluce

Após o banho, algemou a bela e sensual esposa na cama, como fazia eventualmente, prenúncio de uma longa noite de amor. Esqueceu-se de comprar cigarros. Levantou-se e disse que ia, "rapidinho", ao bar da esquina.

Voltou bêbado na alta madrugada e, ao ver a esposa nua, de braços presos, exigiu explicação:

— Faççço questão... eu, como sseu marido, façço questão de... de saber por que você está...assim?

Após muita insistência, ele a soltou e caiu num sono profundo. Ela, transtornada, ainda levantou o criado-mudo para jogar na sua cabeça, mas desistiu. Não queria sujar de sangue os novos lençóis que acabara de comprar.

Julião era assim mesmo, um inconstante e desequilibrado marido, ora carinhoso e cheio de amor, ora, bêbado e infiel.

Depois de muitos anos de farra, álcool e cigarros, os primeiros sinais de impotência apareceram. Foi ao médico, tomou garrafadas do Norte, fez de tudo e... Nada!

Num Sábado à tarde, inconformado e, num acesso de loucura, Julião se matou, ingerindo de uma só vez, três litros de refrigerante à base de Cola. Como se não bastasse, ainda misturou antecipadamente ao líquido um pouco de cianureto. A viúva não chorou.

Só existem dois tipos de mulheres felizes no mundo: a turista e a viúva. Marluce não foi exceção. Após receber a poupança do marido, comprou uma casa nova, colocou jaquetas nos dentes e fez plástica: abdômen e períneo.

Bonita, corpo perfeito e, ainda com um fogo interno que parecia consumir suas entranhas, não lhe faltou pretendentes. Acabou por roubar e casar-se com o noivo de sua melhor amiga.

Ao contrário de seu finado, Mariano, o novo marido, era um homem de fé, muito calmo e de conduta irretocável. Na sua loja de artigos religiosos na Praça Dr. Gama, em Birigui, havia sempre uma vela acesa para os anjos da guarda de seus fregueses. Demonstrava um conhecimento profundo da vida de vários santos.

No entanto, a vida do casal era de uma previsibilidade que surpreendeu e chocou Marluce. Almoço às 12:45 horas, jantar às 19:00 horas e, sexo só às quintas-feiras, às 21:45 horas, todas as semanas. O problema com o novo marido não era a frequência sexual, mas o modo como era feito.

O ritual para fazer amor era uma aberração. Antes de ir para cama, cobria a imagem de Santo Agostinho, no criado-mudo e, de joelhos, rezava durante dois minutos. Só então, com a calça do pijama abaixada, fazia amor, sempre na mesma posição.

Após o sexo, com um sorriso de satisfação de quem cumpriu o dever de marido, descobria o santinho e caía num sono angelical, para a insatisfação e olhos arregalados da pobre ex-viúva.

Um dia, Marluce amanheceu com dor no estômago. O marido levou-a ao médico. Insistiu para entrar e acompanhou a consulta. Noutra semana apareceu um nódulo no seio. Mariano foi junto.

No mês seguinte, Marluce sofreu de bartolinite. O marido queria acompanhar o exame ginecológico. O médico não deixou.

Diante da evidente depressão, o doutor desconfiou que o problema dela era com o marido. Insistiu em saber o que a incomodava. Depois de muita insistência, Marluce descompensou e chorou muito no ombro do doutor. Quando conseguiu falar, balbuciou baixinho:

"Eu preferia o outro...eu preferia o outro..."

O casamento ainda durou seis meses, mas o carinhoso "tratamento" do médico estendeu-se por 10 anos. Duas vezes por semana...

Qualquer semelhança com fatos e pessoas vivas ou mortas é mera coincidência.

Pobre Mendonça

A experiência que transcende equipara-se aos mistérios, quando provoca nos não iniciados, o efeito de um ritual mais ou menos assustador. Por esse motivo, obcecada, apoiava-se em "mestres" como ocorria com os ramos de videira, no jirau da sua casa.

— Eu pensava que era o Bush, exclamou assustada, Teté Wander Loyed Silva.

— Não, minha senhora, retrucou o mestre, tudo indica que é o Mendonça. O primeiro foi Napoleão Bonaparte; o segundo, Adolf Hitler e o terceiro Anticristo, infelizmente, é o seu marido.

Resignada, não contestou. Funcionária da prefeitura de Birigui, sempre quis ser rica, viajar em navios de luxo, possuir roupas de grife. Amargurada, via seu castelo desmoronando. Mendonça não era mais aquele homem carinhoso e próspero com quem se casara. Quando noivos, ele possuía na Vila Xavier, a empresa "World Motor Car Service". Hoje, após oito anos, não passa da "Oficina do Mendonça".

Já não dançava bem e, na cama, acabou dançando. Atualmente, a função de marido se resumia em dividir as despesas da casa e a trocar pneu do carro. Mas, hoje em dia, nem os pneus furam mais...

Há anos procurava ajuda. Em vão! De igrejas que prometem a prosperidade, até o guru do "Ligue Djá".

Jean-Louis, o atual mestre, era sério. Francês, filho de ciganos húngaros, entendia tudo de ciências ocultas.

Na segunda consulta, o veredicto: — É ele mesmo, querida consulente. Todas as provas confirmaram: sol na casa 5, ascendente conflitante com gêmeos. No tarô, o diabo é antagônico ao Papa e aparece sempre na última carta. A vida social dele também é suspeita. Só se encontra com amigos para comer pé de porco, animal de unhas bífidas, iguais às do demônio. Engorda da cintura para baixo e outras evidências, tais como negar fazer *Feng-Shui* em casa, calvície, gases noturnos, como a senhora bem o disse.

Eu arranjo um meio infalível de fazê-lo desaparecer, mas a senhora terá que doar 50% do seguro para a Sociedade Internacional de Ciências Ocultas, uma respeitada sociedade filantrópica com sede em 15 países. Pelo serviço, necessito de um adiantamento: três cheques de mil reais.

— Mas...?

— Calma, disse o mestre, eu vou trabalhar com a senhora também. Sinto dizer, mas seu corpo astral está contaminado.

— O senhor tem razão; há tempos, ando sentindo alguma coisa estranha... Incomodando, disse Teté, quase gemendo.

— A limpeza, continuou o mestre, tem que ser com *Tantra Yoga*. Serão três horas diárias de prática tântrica curativa sexual. A partir daí, a senhora vai rejuvenescer uns dez anos e, conhecerá as riquezas e a beleza do mundo. Terá condições de escolher o homem da sua vida, talvez, até casar-se com um príncipe alemão!

Os olhos de Teté brilharam.

Prepotente e envaidecido, Jean-Louis não perdeu a oportunidade de alfinetar seu concorrente. — O mestre Da Rosa diz que fica 12 horas em ligação tântrica com suas alunas. É porque ele tem poucos pupilos, sabe como é, não? Gordinho, baixinho, ninguém quer. Sobra-lhe tempo. Eu não. Minha agenda está cheia. Tenho quatro alunas por dia...

Faça o mantra "Ohmm" três vezes, tire a roupa lentamente e se deita aqui no sofá.

Um minuto e meio depois...

— Mas, já? Só isso? Disse ela desapontada.

— Foi apenas uma introdução à terapia; amanhã será mais longa. Não precisa pagar por essa sessão, mas a senhora tem de fazer os cheques que combinamos.

Do Lada, seu carro russo, o mestre triturou zinabre, cromo e chumbo da bateria, até virar um pó fino.

— Cuidado, disse ele, não pode colocar mais de uma colher desse produto na aguardente do seu marido. Josefina colocou a metade da dose e só estragou o estômago de Napoleão. Eva colocou duas colheres e não sobrou nem o bigodinho de Hitler.

No primeiro dia, Mendonça tomou duas doses. No segundo, uma dose foi suficiente. Começou a passar mal. Uma semana de soro e lavagem gástrica. Na semana seguinte, voltou a trabalhar e a comer com amigos no Bar do Biu.

Desconfiada, pediu o dinheiro de volta e ameaçou denunciar o guru tarado à polícia. No mesmo dia, Jean-Louis desapareceu e, com ele, a sociedade a que ele dizia prestar tanto serviço humanitário.

Um mês depois, ainda frustrada, mas ávida por conhecer as riquezas que o futuro lhe reservava, Teté marcou consulta com o Prof. Rachid, mestre do Tarô Egípcio, em Araçatuba.

Falam que ele é muito bom, disse Teté para uma amiga. Domingo passado ele até apareceu, com destaque, no programa do Silvio Santos.

Manivela, O Filósofo de Birigui

Linda, misteriosa e dizendo-se solteira, compareceu ao consultório, reclamando de um dente superior.

Ao sair da cadeira do dentista, ela, primeiro apoiou o pé direito no piso e depois, com longos movimentos, o outro pé. Saia curtíssima, sem calcinha e... Depilada. Horas depois, ainda chocado, o doutor contou ao amigo surdo-mudo de chapéu e roupas de cowboy, encostado na porta do Bar do Zico.

Ela mentiu, respondeu, com sinais, o simpático Manivela. É casada com o delegado, e você, meu amigo, é muito ingênuo. Eu já o aconselhei a não acreditar em tudo que elas dizem. Não se deve confiar em ninguém que tira a roupa por cima, tal como padre, juiz e mulher, aconselhou o grande filósofo das ruas de Birigui.

Ele tem razão, pensou Dr. Homero. O juiz estava devendo-lhe duas restaurações há seis meses, o padre pediu e recebeu tratamento odontológico gratuito. Na semana seguinte, o sacerdote comprou um carro conversível e foi visto com duas garotas num baile em Guararapes. E agora essa mulher...

Terê era "nitroglicerina pura". O marido já não dava conta e o ginecologista não suportava mais atendê-la.

Agora, mais incisiva, deu de procurar o consultório do Homero... E, sem calcinha!

Tome cuidado, insistiu Manivela; elas sabem que só os cafajestes e os afeminados não sucumbem a essa parte íntima. Os homens heterossexuais perdem a consciência, o bom senso e tornam-se manipulados e bobos. Até os mais racionais perdem-se nesse triângulo das Bermudas.

Os religiosos, continuou o filósofo, e as pessoas de educação rígida podem, de modo hipócrita, dizer que isso é uma vergonha, um pecado. Aliás, só os hipócritas condenam a natural sexualidade e a magia do erotismo. Nos secretos símbolos inseridos em obras de arte, ela se apresenta de modo velado. A Santa Ceia, famosa pintura de Leonardo da Vinci, exibe a figura de Cristo tendo ao seu lado a suposta figura de Maria Madalena. As inclinações de seus braços, quando se encontram formam a letra "V", de vulva, triângulo íntimo e símbolo feminino na Antiguidade, disse o grande filósofo, demonstrando conhecimentos, outrora secretos, e explicando que o erotismo fazia parte da subjetividade de cada um.

O dentista, que respeitava a família e a profissão, resolveu, então, precaver-se.

Um dia, dona Cida, a cozinheira da fogosa mulher, viu a patroa com a ponta do garfo apoiada no dente, fazendo pressão para remover o dente provisório. Minutos depois, Terê telefonou para a casa do doutor e pediu para ser atendida. Mas era sábado, dez da noite... Ele, desconfiado, negou atendimento.

Sentindo-se rejeitada, se revoltou. E mulher rejeitada é, quase sempre, insensata e violenta. Na fúria, disse que todos os trabalhos que ele fizera estavam incomodando, doendo, que estavam mal feitos, e que iria denunciá-lo junto ao Conselho de Odontologia. Disse também, que iria processá-lo por assédio sexual. O doutor desabafou com o amigo.

Nenhum homem entende as mulheres, filosofou, nosso homem, ninguém entende o porquê, em determinados momentos, elas são ternura, divindade e mistério e, momentos depois, tornam-se irritadiças e inescrupulosas. Mulher frustrada é assim mesmo, "crica", encrenqueira, entende?

E os homens de Birigui, não são? Perguntou Homero.

Sim, principalmente os políticos, respondeu-lhe, com aquele olhar maroto e, ostentando no peito uma insólita e engraçada estrela de xerife, presente de um deputado rabugento.

Após muitos meses de processos, advogados e divórcio, as coisas se acalmaram. Hoje, Homero dá aulas de Ética Profissional na faculdade em Araçatuba e, Terê, a bela Terê, cujo fetiche era por homens de branco, casou-se novamente com um crioulo, Pai de Santo de um terreiro na Bahia.

(Ao Manivela, doce criatura, cuja pureza e simpatia tornaram-no querido de todos os biriguienses, a nossa homenagem e agradecimento pelo folclore e alegria que nos proporcionou, nesse breve período em que permaneceu neste planeta.)

Admir Belmonte Gavira

O Fenômeno de Birigui

Os amantes apaixonados se prendem ao tempo e aos acessórios do culto, tanto quanto à sua própria deusa. Nono não era diferente. Anjo louco e puro, em quem as crianças perversas atiravam bolas de papéis e, de quem os adultos, tão indulgentes para com a devassidão, zoavam às gargalhadas.

Perseguia a Prof.ª Cida, sem que ela percebesse. Dizia-se apaixonado e sonhava que ela se divorciaria, para casar-se com ele. Não era para menos. Todos os varões da cidade apresentavam certo fascínio por essa mulher, tanto pela sua beleza, quanto pelo seu requebrar e bom gosto em se vestir.

Nono não era mais um biriguiense que babava como cães, quando via carne jovem. No caso de seu amor por Cida, que declarava incessantemente, por vezes parecia tão leve como uma guirlanda, ou um ornamento caro e frágil. Tímido, chegava quase às bordas de uma insensata cegueira.

Aos domingos, os outros homens, por sua vez, reuniam-se no Café Petrili ou no Bar do Comércio, para ver a sensual mulher passar, seguida à distância pelo bobo da cidade.

Um dia, Nono ouviu a música de Erasmo Carlos, cuja letra sugeria tirar a roupa, para chamar a atenção da amada.

À saída da missa de domingo de Páscoa, o "nosso Romeu apaixonado" fez o que a música insinuava: ficou nu. Assombro geral.

A natureza havia-lhe presenteado com um corpo hercúleo, de um bronzeado que despertava inveja aos mais fanáticos fisiculturistas.

Madame Solange, dona de um prostíbulo em Araçatuba, que frequentava a Matriz de Birigui para fugir dos hipócritas de sua cidade, disse, entusiasmada, que nunca viu homem tão belo e, acima de tudo, tão bem-dotado. Somente em filmes pornográficos viu "coisa parecida".

A notícia correu. No domingo seguinte, a Igreja ficou lotada só de mulheres, que vieram em caravanas, das cidades de Bilac, Araçatuba e Guararapes.

Frei Jaime, durante a missa, conhecido por sua lascívia e, vendo tantas mulheres bonitas, suou durante a celebração, com todas as veias dilatadas, todas! No entanto, havia certa decepção em seu semblante. E tinha um bom motivo: as mulheres são "mão-fechada", dizia ele, em conversas informais. Os homens são mais pródigos no dízimo, nas oferendas; talvez para aliviar a consciência.

Na porta de igreja, todas, num frenesi nunca visto, queriam ficar perto da professora rebolante, com sua roupa impecável, para não perder os detalhes do espetáculo tão comentado.

Foi frustrante. Os homens da cidade, em nome da moral e dos bons costumes, para manter a "vigilância e uma boa educação familiar", sequestraram e internaram Nono em um asilo, em Rio Preto. Ninguém quis falar sobre o caso.

Luizinho Tremela, o único sincero desse episódio, depois de várias doses de cachaça com creme de coco, revelou que ajudou a internar o "fenômeno", porque temia que, na penumbra de seu quarto, sua mulher fizesse chacota de seu minúsculo e insignificante apêndice. Temia, também, que sua vizinha deixasse de achá-lo "o belo espécime de macho", como sussurrava constantemente em seu ouvido.

Sem o fantasma da insegurança, com Nono trancafiado bem longe dos olhares femininos, a paz da cidade foi restabelecida.

Os homens voltaram a beber nos bares, a crescerem as mentiras sobre suas aventuras sexuais que sempre se renovavam e, ao meio-dia em ponto, todos se postavam para ver dona Cida passar.

Naquele último domingo de abril, a musa da cidade, na escuridão do seu quarto, trocou sem querer, seus sapatos de salto alto e desfilou, após a missa, com um sapato de cada cor, para uma plateia embasbacada.

A Sogra do Dr. Lino

No retorno de sua lua-de-mel, Dr. Lino deu de cara com a sogra, que se mudara para o apartamento do jovem casal, sem consultá-los, apoiada numa "ordem médica".

Desde a morte do marido sofria crises de pânico, quando ficava só. Tereza, filha única, não teve forças para dizer não. Sua mãe abandonou o trabalho na prefeitura de Birigui para dedicar-se a ela, desde que nascera. O desconforto gerado pela surpresa logo se dissipou, com a esperança da pronta recuperação da intrusa Rosália.

Deveria ocupar-se, voltar a trabalhar, aconselhava o médico. Manifestou o desejo de trabalhar como secretária no gabinete dentário do genro, que delicadamente se opôs.

Passava o dia lavando as mãos, cheirando os lençóis da cama do casal e, quando não, tentava fazer alguma receita da Ana Maria Braga. À noite, quando os recém-casados queriam namorar, ela se intrometia, com evidente intenção de impedir intimidades dos apaixonados.

Para manter a sogra ocupada, Lino gravava todos os programas de TV de que ela gostava. À noite, ligava o vídeo, enquanto tentava resgatar momentos prazerosos com a jovem esposa, na sua banheira de hidromassagem. Dona Rosália quebrava o clima batendo à porta, para perguntar à filha por que Ana Maria passava por baixo da mesa, quando experimentava um novo prato.

Numa noite de intensos trovões, enquanto o casal mantinha um caloroso sexo oral, a velha entrou no quarto escuro, em pânico, pedindo para ficar. Eles esperaram a inconveniente mulher dormir e tentaram continuar a relação amorosa no banheiro. Tarde demais; já havia ocorrido a fuga venosa e, qualquer outra tentativa de restabelecimento do erotismo, naquela noite frustrante, seria inútil.

Tereza sugeriu ao marido encontros íntimos no consultório no final do expediente e, nos finais de semana. Levavam lençol, geleias, lubrificantes e camisinhas.

Mas, sabendo onde a filha estava, não parava de ligar. Deixava gravado na secretária que estava muito só, com medo, com a hemorroida sangrando, e outros lamentos.

A paciência do dentista tinha certo grau de complacência, mas... Por educação, convidou a sogra com hemorroida, para acompanhá-los a uma pizzaria. Com a desculpa da artrose que limitava os movimentos dos seus braços, insistiu para que ele levasse uma almofada para aliviar o desconforto ao sentar-se. Ele negou.

Ridícula, porém cômica, foi a cena da senhora carrancuda, entrando na Pizzaria Mama Mia, levando no braço o artefato inflado.

Ele, secretamente, começou a elaborar um plano para matá-la, sem que ninguém suspeitasse.

A sogra precisava de implantes. Lino propôs uma prótese, extraindo-lhe alguns dentes irrecuperáveis, deixando somente um, o mais cariado. A bactéria da infecção de dente é ávida por válvulas cardíacas. Ocorreria uma morte natural, pensou.

Mas Rosália era resistente. Então o doutor criou uma estratégia mais efetiva. Levou-a para comer mocotó no Bar do Baiano. Glutona, exagerou na comida e na pimenta. Dois dias na Santa Casa e, nada.

Gravou vídeos com os discursos completos do Suplicy no Senado. Nada ocorreu à velha, nem mesmo sua pressão se alterou.

Comprou, então, como derradeira tentativa, um CD com a música "Eu não sou cachorro não", interpretada por Waldick Soriano.

Ao final da música, a velha senhora, com evidentes sinais de agonia, pediu para desligar o som, mas o genro repetiu a música dezenas de vezes. Aí o coração falhou uma, duas...A filha chamou a ambulância.

Na UTI, Lino levava o aparelhinho de som e o tenebroso CD. Notou o pavor nos olhos da sogra todas as vezes que chegava. Passou, então, a visitá-la constantemente. A Emergência era acionada de cinco em cinco minutos. Os médicos já não sabiam o que fazer. Sugeriram um transplante. O genro sorriu prazerosamente. Não foi preciso. O sepultamento ocorreu no mesmo dia.

Lino desmarcou os pacientes da semana, comprou Champanhe, patês e sabonetes líquidos de vários aromas. Ficaram três dias sem sair de casa. O nenê do apaixonado casal nascerá no mês que vem.

Admir Belmonte Gavira

Aniversário de Casamento

Quase todos desconhecem, igualmente, sua exata liberdade e sua verdadeira servidão. As relações estranhamente íntimas e singularmente indefinidas, que existem entre casais afloram, quando menos se espera.

— Amor, sabe que dia é hoje?

— Ah?

— Dez anos, Dez anos...!

— É! Respondeu, laconicamente, Theo.

— Se hoje você chegar cedo – continuou Clotilde – eu faço um estrogonofe e a gente abre aquele vinho...

— Aquele vinho não! Aquele vinho é para uma ocasião especial. – Disse o marido num verdadeiro ato falho.

Dez anos de casamento e ele não estava disposto a comemorá-lo. No entanto, diante da ameaça de ter de comer mais uma vez estrogonofe, resolveu fazer uma reserva para o jantar, num dos restaurantes dos Jardins.

Seria a última tentativa, não que o casamento fosse um inferno, mas...

Clotilde nunca quis ter filhos. Ela não queria ficar com a barriga flácida e os peitos caídos. Dona Dina, sua mãe, dizia que toda mulher que tem filhos fica com os peitos caídos. E também não suportava a ideia de ficar limpando cocô de criança, enquanto as amigas faziam comprar em *shopping*, ou malhavam na academia.

Ele, por sua vez, seguia o modelo do pai, trabalhando com afinco durante oito horas no escritório. Dedicava também, gratuitamente, duas horas por dia à assistência jurídica para creches e crianças abandonadas, o que lhe trouxe uma projeção social invejável. Clotilde não se envaidecia disso, pelo contrário, queixava-se muito. Reclamava porque ele trabalhava excessivamente, de estar sempre cansado, que ele não lhe dava muita atenção, enfim, aquilo tudo que as mulheres casadas reclamam de seus cônjuges. Ela queria que seu marido fosse como o Dr. Felipe, marido de sua melhor amiga. Ele *também era* advogado, entretanto saía para trabalhar às dez horas da manhã e às cinco da tarde já estava em casa. Clotilde achava-o charmoso, bonito e educado. Dizia que ele era cheiroso e sabia vestir-se bem.

Já no escritório, entre documento e outro, Theo ia se lembrando de sua vida com a esposa. No começo estava tudo muito bem, mas depois parece que se tornaram parentes, um criticando o outro, insatisfações, frustações...

Lembrou-se também das coisas boas, do primeiro beijo no baile de carnaval do Pérola Clube de Birigui, da semana que passaram em Veneza, do dia chuvoso em que não saíram da cama em Barcelona e, da forma como Clotilde fazia amor.

Recordou-se que num sábado de manhã, Clotilde disse que ia dar-lhe "beijos de borboletas". Amarrou-o na cama e ela, piscando os olhos com rapidez, ia tocando seus cílios delicadamente em todas as partes sensíveis do marido. Foi uma das melhores experiências de sua vida, porém o casamento agora completava dez anos num certo marasmo.

Quando Theo telefonou dizendo que iriam jantar fora, ela, de imediato, sugeriu convidar o casal de amigos. Disse-lhe que o Felipe conhecia restaurantes maravilhosos.

— Não! Disse Theo. Já reservei mesa para nós dois.

Ao chegarem ao recém-inaugurado restaurante, a esposa nada comentou sobre o buquê de rosas que o marido havia mandado no começo da tarde, no entanto, disse que não podia esquecer-se de telefonar para o Felipe e falar sobre o requinte do restaurante que acabara de conhecer.

Lagosta ao molho de vinho branco e calda de maracujá, antecedido por salada com "King Crab", foi o pedido de Clotilde que reclamou dizendo que o "Crab" estava muito quente sobre a salada fria. Reclamou que a calda do maracujá estava muito ácida para o seu gosto.

Theo degustou silenciosamente um "Carré D'Agneau", acompanhado de risoto de funghi fresco e uma garrafa de Cabernet, enquanto a esposa mais uma vez reclamava das pessoas que fumavam nas mesas vizinhas.

Quando trouxeram a sobremesa, um enorme pedaço de bolo com calda de chocolate e recheado de cassis, Clotilde se surpreendeu:

— É muita sobremesa, se o Felipe estivesse aqui, ele que adora doce, não sobraria nada.

Dr. Theo, que se deliciava com um prato de queijos e uma taça de vinho, ao ouvir isso lançou um olhar de desprezo sobre aquela que tinha sido o seu amor. Observou, também, que a pele dela já não era a mesma, uma ruga aqui, outra acolá, numa evidência pública do envelhecimento e uma lembrança indesejável da passagem do tempo. Dez anos de casamento e, ela, quando não reclamava de alguma coisa, falava do Dr. Felipe.

Quando Clotilde terminou de comer a sobremesa, o marido não perdeu a "bola da vez".

— Está vendo? Não precisou chamar o seu amigo para ajuda-la a comer a sobremesa no aniversário do "seu" casamento.

Diante dessas palavras carregadas de ironia, Clotilde se transformou, tal como bicho acuado em flagrante. Seu rosto avermelhou-se, seus olhos ingurgitados sobressaiam no rosto. Uma indignação projetada, mãos e narinas pareciam anteceder um ataque iminente. Ela, então, vociferou sussurrante e entredentes:

— Tinha que estragar o jantar! Tá satisfeito? Estava tudo bem e você estragou a nossa comemoração. Você é um fraco! É um homem desagradável. Você deteriora qualquer alegria. Você é um desmancha prazer!

E ele, calmo e impassível, levantou-se da mesa contemplando, ainda, um fiozinho de chocolate que escorria do canto da boca da irada.

— Aonde você vai agora? Esbravejou a esposa.

Ele, pacientemente, respondeu:

— Comprar cigarros.

— Só faltava essa agora, além de desmancha prazer vai virar fumante também?

Theo não disse nada. Caminhou, calmamente, até o caixa, pagou a conta, deu sua aliança para a pobre florista na porta do restaurante e, jogou a chave do apartamento na lixeira próxima. Caminhou a pé, rumo à Avenida Paulista e, com um suave sorriso nos lábios, desapareceu, tranquilo, na agradável neblina, daquela fria noite paulistana.

O Vampiro da Vila Mariana

Nenhuma virgem na rua depois do anoitecer. Dr. Charles não permitia e os outros pais também não. Frei Anselmo dizia que era invenção do povo, sem nexo, encorajando as irmãs Rita e Virginia a assistirem a missa das seis horas. Dona Romilda, a mãe, não se opunha; afinal a igreja Sto. Inácio ficava na França Pinto, a uma quadra. Não tinha perigo.

Na noite seguinte, muita garoa. O vampiro fez outra vítima.

Eram nove horas. A moça, filha do Sr. Zé borracheiro, chupada no pescoço, morreu na hora, seca e branca, tal qual seu vestido de organdi.

O terror se espalhou. Foram três mortes na mesma semana.

O ritual que essa criatura noturna cumpria era curioso.

A moça deveria estar no período fértil. Seduzida, era levada para um local mais escuro. Sem que a vítima emitisse um só grito de dor ou pavor, ele iniciava sua tortura. Primeiro mordia os bicos dos seios, depois, as unhas em lâminas, enterravam-se nas nádegas imaculadas. Só então, com um ou dois chupões nas jugulares, sugava todo sangue da vítima, deixando-a seca, sem vida, uma folha de papel.

Nenhum estupro. O vampiro não fazia sexo. Mas no caso da Neide, filha da Dona Rosinha, a besta noturna, com suas unhas afiadas, dilacerou as entranhas, antes de matá-la.

Teve início a grande caçada. Antes era só a polícia, agora a população se armava para achar o monstro que, além de matar, também dilacerava as moças virgens da Vila Mariana.

Zenom, o garçom do Jaboti, afirmou ter visto um homem suspeito, de capa preta manchada de sangue, perto do Colégio Madre Cabrini, um ponto anexo à tinturaria do Sr. Xing.

Suspeitaram do tintureiro, mas o porte do "china" não condizia com o do avantajado assassino.

O frei parou de acalmar os fiéis. Parecia saber de alguma coisa.

Uma barraca foi instalada diante da igreja, para vender crucifixo de prata.

Em outra igreja, o bispo evangélico pregava que tudo era sinal do apocalipse; por 10% do salário, prometia a salvação do fiel contribuinte.

Os camelôs enriqueceram vendendo punhais de prata, fabricados na Transilvânia e, Dona Tudica, graças ao vampiro, salvou a prestação da casa, vendendo alho assado no azeite aromático, com pitadas de sal grosso.

As empresas de segurança se multiplicaram, gerando lucro e contratando desempregados do bairro, tornando o dia da região uma festa, um comércio próspero que ninguém pretendia interromper.

Os maridos trancavam as esposas em casa e saíam, segundo suas próprias esposas, para ajudar os policiais. A casa 3.020 da Rua França Pinto, com arandelas de luzes vermelhas, não parava de receber fregueses. Dona Solange, a cafetina, contratou outras "moças" e construiu mais quartos nos fundos.

Nas noites de garoa fina, o silêncio mórbido era quebrado apenas pelos passos despreocupados e alegres dos que saíam do número 3.020 e, pelo andar tenso dos outros, que procuravam o homem da capa preta.

Chuva fria e fina. Os policiais que faziam a ronda a pé, abrigaram-se nessa igreja, no final da missa das oito.

Angelino, o sacristão, assustou-se com a presença dos policiais. Com o incenso na mão e, num descontrole visível, quase queimou a bunda do padre. Começou a suar frio e, numa fração de segundo, desapareceu do altar. Nunca mais se ouviu falar do sacristão.

Quinze dias depois, o vampiro voltou a atacar num bairro de Birigui, há 500 quilômetros de São Paulo. A notícia se espalhou. Os camelôs se mudaram para lá. A Vila Mariana ficou vazia.

As empresas de segurança fecharam suas portas e demitiram os funcionários. O McDonald desistiu de abrir mais uma filial.

"Tia" Solange mudou-se, com suas "moças", para o novo reduto do vampiro e Dna. Tudica voltou a fazer crochê, complementando sua pequena aposentadoria.

Tudo estava calmo e limpo na Vila, até que um dia, o sacristão Angelino voltou, e daí...

Bem, aí já é outro "causo"...

A Viúva Claudinéia

Desde a morte do biriguiense Laureano Alves Cali-Magnum, vulgo "Pesão", a viúva se absteve de qualquer contato com o sexo oposto. Agarrou-se à virtude e dela alimentou seu luto. Nem agradeceu aos telegramas de pêsames enviados pelos ex-namorados.

Tristeza, depressão e labirintite derrubaram-na. O remédio foi eficaz, no entanto, causou-lhe alteração hormonal e aumento de circulação sanguínea nas áreas íntimas. Aflorou uma ânsia interna e aumentaram a saudade do finado, as lembranças das várias horas de cama e das suas enormes mãos acariciando suas nádegas.

Em Araçatuba, onde ela morava, os médicos aconselhavam-na a continuar o tratamento. Sugeriu, também, que ela se casasse novamente, ou procurasse alguém desconhecido para "aliviar-se".

Estava ciente que, depois de cinco anos de intenso sexo com o marido, não encontraria na cidade, outro homem à altura.

— Um homem casado e discreto, sugeriu o doutor.

— Esses, não! Retrucou Néia, que foram logo descartados por uma simples razão: as esposas de hoje chegam ao clímax com muita rapidez e facilidade; eles se acostumam e logo após a rápida transa viram de lado e dormem.

— E os solteiros? Insistiu o doutor.

— Também não iriam dar conta, disse ela. Pesão, por ter sido avantajado, massageava seus órgãos internos lentamente, com delicadeza e muito amor. Sabia fazer sexo como ninguém.

— E, continuou a viúva, os solteiros privilegiados pela natureza já haviam se mudado para São Paulo, e os que sobraram, por serem barrigudos, não iriam satisfazê-la. A cada dez quilos a mais do peso corporal, somem dois centímetros lá de baixo.

No dia seguinte soube que Gianecchini iria passar um fim de semana em Birigui, sua terra natal. Achou que seria uma grande oportunidade. O ator calça 44; devia ser tudo proporcional, como ocorreu com o falecido.

Preparou-se com roupas sedutoras, tingiu o cabelo da mesma cor dos da mãe do artista e com isso, pensou, seria notada de longe. Qualquer filho percebe alguém parecido com a sua progenitora, mesmo que seja mais jovem.

O global não veio. Decepcionada, suas pernas fraquejaram e um suor frio quase lhe causara vertigem. Explodindo de hormônios e angústia se preparou para ir embora. Viu Fuinha, o único solteiro disponível no meio das fãs ruidosas, que se aglomeravam em frente à casa da dona Eloisa.

Sem alternativa convidou-o para o seu leito na cidade vizinha. Preparou-se com um rápido banho e, ao sair, já o encontrou nu, deitado, com o insignificante "peruzinho" ereto. Desfez-se do roupão e foi quase chorando, à cama, sem antes balbuciar bem baixinho: — "Não há no mundo coisa mais triste do que ser viúva em Araçatuba".

Ficção. Qualquer semelhança com fato, ou situação ocorrida com pessoas vivas ou mortas, é mera coincidência.

O Drama da Biriguense
Angélica Lorrents

Maria Angélica cresceu possuindo infinita capacidade de alegria e confiança. Era feliz com o seu primeiro namorado, que lhe causava arrepios com sua voz doce e sensual.

Os dois, inebriados de paixão, passeavam pelas estradas de Guatambu nas noites de verão, só para observar as estrelas.

As ousadas experiências juvenis haviam sido iniciadas, assim como a ânsia de viver aquele tempo romântico. Mas sua mãe e tias incutiram-lhe de que o sexo era pecado, vergonhoso e proibido.

No entanto, com volúpia e caricias, por pouco não praticaram atos sem recato ou proteção.

Sonhava em se casar virgem e, ingenuamente, levar uma vida a dois numa casinha no Bairro de Fátima, com vasto quintal e um cachorro brincalhão; uma dessas armadilhas que aprisionava os corações puros de adolescentes, inseridos numa honrada classe média.

Até então, a experiência de nudez da jovem era inexistente. Sua formação e virtude inibiam a consciência de quantos ultrajes seu corpo seria submetido durante a vida.

Depois de se tornar mocinha ninguém a viu nua, nem sua mãe.

No vestiário do Birigui Pérola Clube trocava sua roupa de banho com a porta fechada.

Entretanto seus hormônios transbordavam. Durante os momentos de intenso namoro, com carícias íntimas, havia um acesso direto entre o frisson e orgasmo.

Por curiosidade natural, um beijo preencheu lhe a garganta; foi o grito silencioso da donzela que experimentava, pela primeira vez, o resultado do prazer masculino.

Mas nem tudo conspirava com o bem-estar de Maria Angélica. Era uma tarde de outono e, naquele dia ela gozava de isenção de inquietude.

A Rua Galindo de Castro, onde ela morava, estava deserta. Sua mãe, que parecia ser dona de uma seriedade provinciana, abriu a porta da sala e deixou um homem taciturno entrar.

Havia, a partir daquele momento, um componente de angustia no ar; sua cadelinha poodle se escondeu embaixo da pia e, o canarinho, na gaiola da varanda, parou de cantar.

A mãe e o homem a levaram-na para o quarto, e ele baixou sua calcinha de tal forma, como se não houvesse uma espécie de pudor na vida de uma adolescente.

Era a primeira vez que um homem via suas nádegas. Ele acariciou seu traseiro com um líquido frio e, de repente ela sentiu a dor. A penetração pareceu-lhe profunda.

Corada e ofegante, chorou intensamente, enquanto o homem parecia ter um prazer trágico de vê-la sofrer.

Ela nunca imaginou que aquele momento fosse doer tanto. Achava, inocentemente, que Deus fez o corpo da mulher pela beleza em si, para um dia ser mãe, e nunca sofrer dor.

O homem suado deixou, no quarto, um odor desagradável.

As lágrimas secaram como se naquele momento fosse obsceno chorar, e ela ainda pode ver sua mãe sorrindo, despedindo daquela figura que lhe causou permanentes pensamentos rudes.

Nada mais sórdido do que uma mãe cúmplice de homens cruéis.

Naquela noite o sono se distanciou da moça.

Prostrada, num amontoado de humores entre linfa e sangue, tornou-se prisioneira de si mesma; e toda dor prolongada é um martírio que obstrui o ato do esquecimento.

Na manhã seguinte, uma melancolia, um ardor persistente.

Na escola manteve a elegância de não mencionar o ocorrido, no entanto, já não restava mais nada de sua graça jovial, que em outros dias era interessante aos olhos dos rapazes.

As colegas que já haviam passado pela mesma experiência notaram o ocorrido. O jeito de andar e a expressão de seu rosto denotavam dor. Algumas vieram dar apoio, e outras, perversas e mais velhas, sorriam com sarcasmo imaginando as grandes aventuras da dolorida colega.

As vigílias noturnas tornaram-se uma obsessão na vida da garota. Usava de todos os artifícios para diminuir a interminável duração das noites seguintes.

O namorado era demasiadamente astuto para não se aperceber de que existia algo estranho na conduta da amada. Ele foi se afastando e o namoro se desfazendo. Ela, depressiva, sentiu-se culpada e a causadora de tudo.

Hoje, Maria Angélica, com 24 anos, já passou por outras experiências semelhantes, contudo, menos traumáticas devido às situações diferentes, com pessoas conhecidas e amáveis.

Aprendeu a não desprezar os homens pelo sucedido, ou pelo término do namoro; se o fizesse não teria o mínimo direito de seduzi-los.

Ela está ciente de que, se necessário, voltará a fazer outras vezes, mas nunca com aquele homem que ainda lhe traz uma lembrança que gostaria de apagar.

Maria Angélica se formou em Odontologia, pela Faculdade de Odontologia de Araçatuba. Abriu seu consultório em Penápolis, e vai se casar no ano que vem com o advogado José Luís Pempheel, que, por ironia, é filho do farmacêutico que lhe causou tanto trauma na adolescência.

ATUALMENTE NÃO SE ADMINISTRA MAIS ESSE TIPO DE INJEÇÃO EM DOMICÍLIO. DEVIDO AO SEU PODER ALERGÊNICO E RISCO DE CHOQUE ANAFILÁTICO, A DOLORIDA BENZETACIL SÓ PODE SER APLICADA EM HOSPITAIS.

Pavarotti em Birigui

Um sentimento de euforia levou a população a eleger o folclórico Manivela, para governar a cidade por 4 anos, na década de 70.

Época tranquila, cidade rica e sem desemprego, mas culturalmente regionalizada. Nesse sentido, os professores, e poucas empresas tentavam melhorar alguma coisa.

Para complicar, o doutor Bruno Frorifake, o prefeito anterior, vendeu o único cinema da cidade, sem antes enganar o povo, prometendo nova Casa de Espetáculos nas imediações do lago.

Apesar de certo desdém de alguns biriguienses, o novo prefeito, que jamais se abateu com as intrigas dos adversários, nem com a afabilidade dos falsos amigos, convidou Santello para a Secretaria de Arte e Cultura. Acreditava que certo gosto pela beleza fortaleceria o povo contra as solicitações demasiado grosseiras de seus antecessores.

O novo secretário era cego de um olho, míope de outro e, suas atitudes despertaram desconfiança em parte da população. Numa cidade em que só se ouvia músicas de traições e mágoas, e as únicas diversões eram os rodeios e quermesses, Santello implantou a Bienal Cultural de

Birigui, ao estilo europeu. Quinze dias com oficinas de literatura, artes plásticas, teatro e dança.

A maioria dos empresários ironizou esse plano e negou colaboração; muitos vindos de famílias humildes, e que se tornaram ricos, não conseguiam entender esse projeto. Diziam, com toda franqueza, que colaborar com publicação de livros, ou com outros tipos de arte, não fazia o "perfil de sua empresa". Até duvidaram da sanidade mental de Santello, no entanto, a arte foi ao povo, e este a abraçou com entusiasmo.

As crianças da periferia, que só brincavam de mocinho e bandido, envolveram-se alegremente nas atividades literárias, enquanto seus pais não perdiam os shows e teatro ao ar livre, na praça Dr. Gama.

O amor voltou numa nuvem de erotismo, envolvendo toda a cidade.

As belas esposas, agora esbeltas, restabeleceram o desejo sexual pelos seus maridos, habilitando-os, novamente, a apreciar, com ternura e lascívia, a nudez de suas amadas.

As maternidades ficaram repletas.

Os homens deixaram de procurar mulheres do baixo meretrício, que, sem fregueses, foram obrigadas a morar com seus filhos; alguns, sindicalistas, outros, em cargos políticos, levavam uma vida abastada.

Sibele, a mais bela e jovem prostituta, era apaixonada pelo prefeito. Enamoraram-se e passaram a viver uma união respeitosa e tranquila.

Os adversários, cínicos e litigantes, mandavam para as audiências, belas mulheres como suas representantes, no intuito de desestabilizar a união de Manivela com a jovem. Não conseguiram.

Diante da harmonia reinante, um deputado impertinente e com mentalidade de anta, revoltou-se, dizendo que o modelo cultural não era ideal para a cidade, e que o povo necessitava de shows de Teixeirinha, ou do cantor Waldick Soriano. Aquilo que a população aceitava, por um momento, como beleza e arte, nunca fora mais que a flor efêmera de uma cultura manipuladora, completou o deputado.

Santello não se irritou com os impropérios desse político velhaco, nem com a falta de apoio das empresas. Mesmo com deficiência num dos órgãos dos sentidos, foi o Secretário da Cultura com maior visão dos últimos anos.

Trouxe artistas como Rita Lee, Caetano e Gal, peças da Broadway, e desfiles de moda para as elegantes senhoras.

No fim do mandato, o secretário lançou projeto para a próxima gestão: uma nova Sala de Espetáculos que seria inaugurada por Luciano Pavarotti, na noite de Natal.

Com sua inacreditável crueldade para com o adversário, o invejoso e alucinado deputado, proferiu mentiras e conseguiu iludir a população, que o elegeu prefeito para o próximo mandato.

Após a sua posse, a progressista cidade ficou triste: as emissoras de rádio lançaram programações de músicas que satisfaziam o gosto do novo chefe municipal, as crianças voltaram a assistir televisão, e os empresários... Bem, aí já é outro "causo".

Ficção. Qualquer semelhança com fato, ou situação ocorrida com pessoas vivas ou mortas, é mera coincidência.

Contos Picantes

Admir Belmonte Gavira

De lá para cá

Diziam que os laços impossíveis de se romper eram os mais fáceis de desfazer. O mesmo não ocorreu com os vizinhos da Rua Saudades de Birigui.

Um olhar, somente um olhar e nada mais precisou ser dito.

Mais tarde, à mesma hora de sempre, ela abriu a janela de seu quarto e apagou a lâmpada do quintal.

Noite escura, um breu.

Ele, tal como um gato, escalou a parede até a janela da casa velha e carcomida.

Teve medo de entrar. O pigarrento padrasto da Betinha não conseguia dormir e andava daqui para lá, e de lá para cá.

O guarda-noturno passou sonolento e não olhou para os lados. Se visse Max dependurado na janela, poderia confundi-lo com... Ah! Que sufoco!

Já ia desistindo, quando o velho resolveu se deitar.

Na casa antiga, sem laje e nem forro, ouvia-se tudo o que ocorria nos outros cômodos. Fizeram amor como dois caracóis – lentos, silenciosos – e marcaram o próximo.

Semana seguinte, noite clara, lua cheia.

Tinham de ser mais cuidadosos. Nos pés, um tipo de tênis que facilitava pular os balaústres. Betinha, de calcinha e camisa branca aberta, esperava, ajudando-o a pular a janela, para não fazer barulho.

Noite quente, a janela ficou aberta. Não podiam ir para a cama. Lica, a irmã caçula dormia ali, profundamente. Estenderam um lençol no chão, próximo da porta, novamente trancada por dentro. O maldito Fox Paulistinha farejou e começou a raspar a porta, querendo entrar.

Partiram, então, para uma cadeira junto à janela.

Dalí os raios iluminavam a amante. Seios belos, nádegas claras, um lindo corpinho, tal como aquele concebido pelo sêmen de Urano, nos mares da Grécia.

Max, tomado pelo ímpeto e pela beleza da moça, foi lentamente virando-a.

— Não, aí não! Disse ela, abraçando-o de frente.

— Mas, sussurrou ele, me disseram....

Inquieta, disse baixinho:

— Esqueça o que o pessoal disse.

— Mas, só uma...

Não conseguiu dizer mais nada. Ela beijava todo o seu corpo, enquanto se contorcia e nada podia falar. Parecia que algo, por dentro, ameaçava explodir.

Neste momento, Betinha, com toda sua suavidade, sentou-se sobre o trêmulo jovem e iniciou um lento e silencioso movimento de uma dança universal. Os seios da amante pareciam penetrar no dorso do rapaz. A respiração acelerada sincronizou. Os hálitos se confundiram. As pupilas dilataram e a respiração se tornou mais rápida, até que dois vulcões explodiram silenciosamente. Um cheiro forte invadiu o quarto. Cheiro bom. Cheiro de amor.

Suados e abraçados amaram-se mais vezes, muitas vezes até a exaustão.

Mais tarde, ela, com um lânguido sorriso, ajudou-o a descer pela janela. Seu olhar acompanhou o amado, até desaparecer entre as jabuticabeiras e abacateiros, naquela linda noite de verão.

Reflexiva, sob uma luz que prateava seus cacheados cabelos, que pareciam surgidos de algum sonho de Gaudí, ficou mais algum tempo, debruçada na janela. Pensava nos bons momentos daquela noite, no tempo efêmero que nós dispensamos para tocar a pele e acariciar a quem amamos. Pensava, sobretudo, na ternura do rapaz.

Com os outros era diferente. Exigia camisinha e cobrava dinheiro para sobreviver. Cidade pequena e sem emprego. Mas, com Max, não! Com Max era só amor.

E o velho com bronquite, que pigarreava no quarto ao lado, levantou-se novamente.

Mais uma vez andou de lá para cá, e de cá para lá.

Caso verídico.

Admir Belmonte Gavira

O Marido de Judith

Quando se casou, Judith era a moça mais bonita de Birigui. Bonita e prendada.

Era, também, meiga, de comportamento inequívoco. Nenhuma pecha de seus pensamentos, mesmo que efêmera, conseguia macular seu comportamento pleno de recato e sensatez, nenhuma!

Após alguns meses de vida em comum, notou um comportamento diferente em Ramon. Ele se negava a deitar com ela nos períodos férteis. Esquivava-se de ser pai. Dizia não estar preparado. Aquele azar de ter tido mãe repressora e pai...Bem, não queria filhos.

A vida do casal entrou numa rotina de dar pena. Ele, com uma discrepante protuberância abdominal, vivia deitado no sofá com uma cervejinha na mão. Ela, assistindo a todas as novelas e propagandas da TV, comprava todos os cremes para mãos, rosto e sabia de todos os regimes. Isso a mantinha com um corpinho delicado e sensual, apesar de visivelmente triste.

Um dia, por essas coisas do destino, desse mundo que ninguém entende, Ritinha, uma das irmãs de Judith, veio morar com eles. Ela não era, como poderíamos dizer, uma chama da beleza de Afrodite. Não, não era! Mas também não era muito feia. Tinha lá seus probleminhas com o corpo: um pneuzinho aqui, duas grandes celulites lá, cabelos mal cortados e ensebados.

Seu comportamento social não era nada exemplar. Às vezes chegava às portas do bizarro, noutras, hilariante. No Cine Pérola sentava-se na última fileira e, de lá, no meio da sessão, jogava balas Ailiram nas cabeças das pessoas à frente. Numa das procissões de maio, passou a mão, acintosamente, no traseiro do frei Jaime. Duas vezes. O Frei, enfurecido, ameaçou desferir um pontapé. Só ameaçou. Sorte que ninguém viu.

Também não era muito chegada à higiene dos dentes. Ao contrário de Judith, que não possuía nenhuma cárie, Ritinha apresentava-se com vários dentes tratados, a ponto do Dr. Márcio ser obrigado a colocar um dentinho de ouro no pré-molar, logo atrás do canino inferior esquerdo.

Aquela incrustação era a diferença e, só podia ser visto por quem estivesse muito perto. Ramon ficou cada dia mais perto. Ela sorria, o ouro brilhava e ele se achegava mais.

Não tardou muito para virar escândalo.

Quando o marido e a cunhada alugaram um apartamento, Judith queria se matar. Não estava preparada para tanta vergonha. Acabou mudando-se para uma cidade vizinha, tentando esquecer-se do ocorrido, enquanto o novo casal de apaixonados se amava cada vez mais.

Na cama, o sexo que Ritinha e Ramon faziam era animalesco, barulhento e perturbador. Quando eles, de *"abat-jour"* aceso, faziam amor na posição de missionário, onde Ramon podia ficar mais próximo do rosto de Ritinha, o ouro brilhava e Ramon, transtornado, emitia um ruído gutural. Uivava como um lobo. Isso a excitava e, o dentinho de ouro brilhava. Ramon, de olhos vermelhos, babava e uivava mais alto ainda.

Os vizinhos os expulsavam sempre. Tiveram que mudar de casa quatro vezes até que, com seis filhos, se instalaram numa chácara longe da cidade. Em todas as noites se ouvia um barulho terrível e primitivo. Ramon e os cães das chácaras vizinhas uivavam por mais de uma hora.

Pouco se falou de Judith. Comentaram que ela, depois de muito tempo de dor e ressentimento, casou-se com Elson, prefeito da pequena e charmosa Glicério, onde viveram felizes por muitos anos.

Quanto a Ritinha, não teve a mesma sorte. Morreu ao dar à luz o oitavo filho. Em meio ao trauma, confusão e tristeza, Ramon ainda esboçou o desejo de que tirassem o dentinho de ouro da amada. Queria guardar de lembrança, mas logo abandonou a ideia. Dr. Márcio, não faria isso.

Com as crianças sendo cuidadas pela avó, Ramon perambulava todas as noites pelos cantos mais escuros de Birigui. Chegaram a vê-lo pulando o muro do cemitério onde sepultaram a esposa.

Com o passar do tempo, o pobre coitado ficou cada vez mais estranho. Num certo dia, começou a procurar por luz, ficando horas esperando o nascer do sol.

Numa manhã, aos primeiros sinais da aurora, Ramon caminhou em sua direção. Caminhou, caminhou dia e noite. Sem parar e com o ego vazio, pulava estrelas em plácidos regatos, conversava com árvores, evitava os andarilhos e continuava caminhando. Numa noite clara, pisou no luar, esbarrou em alguns astros, desviou-se de outros tantos e nunca mais voltou.

Admir Belmonte Gavira

Relações Cruzadas

Alto e belo, a ponto de imaginarem tratar-se de um irmão secreto do Gianecchini, Halim despertava a atenção das adolescentes e senhoras. Sua loja de tecidos finos em Birigui primava pelo bom gosto e, consequentemente, era visitada por belas mulheres.

Um dia, Helinha, mulher do seu melhor amigo, num dos raros momentos em que a loja ficava vazia, ajoelhou-se atrás do balcão, abriu o zíper da calça do amigo e atacou-o. Nesse instante, o marido da devassa entrou para propor ao turco — como era carinhosamente chamado — parceria num loteamento.

O comerciante jogou um tecido sobre a cabeça da infiel e, com voz trêmula e o semblante contraído, disse que depois resolveria, livrando-se do amigo inoportuno.

Helinha, para desespero do lojista, limpou o rosto na seda fina.

– Duzentos reais, o metro! Que "brejuízo"! Assim Halim vai à falência, reclamou o muçulmano.

Cinco minutos depois, Samira ligou para o marido.

– Você está bem? O Beto telefonou-me, dizendo que passou por aí e, achou-o com uma cara estranha; ficou preocupado.

– Rinite, querida, estava mexendo nos tecidos, o pó...

– Quando isso acontece tem que espirrar, aconselhou a esposa dedicada. Não se pode reter o espirro.

– Não retive, respondeu Halim, espirrei à vontade, assim que o marido dela, digo, assim que o Beto saiu.

Num sábado, à tarde, ao fechar a loja, uma mulher misteriosa, entrou e dirigiu-se ao escritório. Halim encontrou-a nua, deitada no sofá, pedindo para que ele também tirasse a roupa e deitasse sobre ela. Duas horas depois, vestiu-se e saiu.

Cidades pequenas, a notícia correu. Elizângela, uma de suas melhores freguesas, soube do ocorrido e exigiu que ele levasse as mercadorias à sua casa. Seu marido, Dr. Lino, um médico de sucesso, trabalhava das 7 às 23 horas e não tinha tempo para ela.

Jovem, com corpinho que parecia recém-saído de Ipanema, a bela esposa, muito carente, afogava sua solidão comprando roupas e mais roupas.

Um dia, Lino recebeu um telefonema anônimo. Desconfiado, instalou câmeras por toda a casa. A surpresa: a sua jovem esposa e Halim mantinham relações sexuais todos os dias, na cama do casal, usando os seus preservativos e lubrificantes.

O médico chamou a polícia. O delegado, que não gostava do "turco" e, sem possibilidade de flagrante, encaminhou-os à Justiça.

Na sala do meritíssimo, o médico, Elizângela e o muçulmano assistiram ao vídeo que o doutor gravou e ouviram o relatório em silêncio. O juiz, Dr. Algartti

Lilisbello, depois de uma breve pausa, pediu que todos se retirassem para uma conversa sigilosa com o réu.

Assim que a porta se fechou, empurrou o "turco" contra a parede, encoxou-o, e com um hálito de quem havia comido duas pizzas de alho na Mama Mia, sussurrou ao ouvido do assustado Halim:

– Se você dormir comigo esta noite, eu o livrarei dessa...

– Não dá, Halim está doente embaixo; "tá pingando", mentiu.

– Não há problema, retrucou o meritíssimo, eu tenho camisinha.

– Não dá, Halim é alérgico ao látex, mentiu novamente.

O juiz parou de encoxá-lo, tirou a mão do baixo-ventre do turco, blasfemou alguma coisa e mandou-o embora.

Samira, que não era tola, ficou sabendo de tudo. Num ato de vingança e, para irritar o marido, adotou o catolicismo como sua crença. Passou a confessar-se, assistir às missas, fazendo-se batizar e crismar. Insatisfeita, exigiu ainda mais da igreja.

Padre Alberto, um belo sacerdote, empenhado em cuidar da nova fiel, deixava o seu fusca escondido embaixo de uma árvore chorão, na rua de trás, e entrava pelos fundos de Samira, digo, da casa de Samira. Passou a benzer a insaciável turquinha três tardes por semana.

Admir Belmonte Gavira

Como Matar o Marido – Lição I

Ainda não havia atingido a idade em que a vida é uma derrota consumada, no entanto mostrava-se intolerante.

— Eu não aguento mais! Esse verme tem que morrer! Bradava para si mesma Jujuba, apelido que Joana ganhara na infância, indignada com a vida que levava ao lado do irascível, insensível e avarento marido.

Quando se conheceram era diferente. Ele com 59 anos, divorciado e milionário. Ela com 30 anos, fonoaudióloga, solteira, nascida em berço pobre num bairro de Belo Horizonte. Os dois se encontraram pela primeira vez em Birigui, num consultório de Psicologia e Regressão de Vidas Passadas; o destino fez essa comunhão, pensaram eles, naquele instante.

Foram meses de carinho, presentes e amor platônico até que certo dia, ela, mineira "caliente", convidou-o para a cama. Ele, meio sem jeito, aceitou deixando para Jujuba, as rédeas desses íntimos momentos.

Diante da inércia se seu príncipe de várias encarnações, Jujuba não teve dúvidas: despejou uma garrafa de Champanhe no barrigudinho e aplicou uma técnica que, mesmo ele, um homem de idade e de grande vivência, nunca tinha visto ou experimentado. Degustando lentamente o Champanhe, ela praticou o *Down Under*.

Foi um estupor. Ele urrou, gritou, e quase desmaiou. Foram horas de prazer e alegria. Ficaram três dias no quarto e de lá saíram para marcar casamento. Um mês depois estavam unidos, em regime de comunhão universal de bens.

Durante vários meses viveram em lua de mel. Era só jujuba para cá, docinho para lá, mela-mela, puxa-estica.

Aos poucos esse clima de confeitaria foi esfriando, até que o doce desandou. O que era puxa-estica, virou puxa-encolhe e o Sr. Ataxerxes, o docinho, voltou a fazer o que mais gostava: ganhar e poupar dinheiro.

Controlava todos os gastos da casa, dispensou as suas duas empregadas e vendeu um dos carros, o de Jujuba.

E a pobre esposa, sem poder sair, contentava-se com as visitas de Leonardo, o guarda-costas da família que, aproveitando a ausência do Sr. Ataxerxes, saciava a tão fogosa e solitária patroa.

Ela, vez por outra, também recebia a visita da amiga íntima Cecilia. As duas estudaram fonoaudiologia na mesma época, e entre os estudos, intercalavam brincadeiras que chamavam de rala-cocô, bicicletinhas, etc.

Foi Cecilia que, numa dessas brincadeiras, despejou um pote de cobertura de chocolate no corpo de Jujuba e ensinou a nova técnica.

Sem liberdade para trabalhar, ou dar vazão total à sua libido, o tempo foi passando e Jujuba tornou-se cada vez mais triste.

Numa manhã resolveu que ia dar fim no marido.

Vidro moído na comida não dava. Qualquer perito do IML descobriria. Tiro no coração nem se fala. Resolveu então que seria por vias naturais. Já que era para matar, passou a servir feijoada para o docinho, três vezes por semana. Comprava a comida no boteco da esquina, se é que aquilo poderia ser chamado de feijoada, porque de porco mesmo, fora a mão de obra, só havia alguns pedaços de orelha. O restante era composto de carnes pretas, salgadíssimas, nadando em gordura de péssimo aspecto.

E toma "feijoada" no prato do docinho já tão entupido de colesterol, com pressão alta e diarreia constante.

Numa quarta-feira o intestino de Ataxerxes não aguentou. A artéria mesentérica acabou se rompendo.

Pobre coitado. Bateu com a alcatra na terra ingrata, em menos de cinco minutos. Ninguém conseguiria salvá-lo.

No velório, mais lotado que a perua do Dorel, os amigos diziam:

— Seja forte. Foi Deus que assim quis.

— Meus sentimentos. De tão bom, Deus o chamou para perto de Si, diziam outros.

E a viúva fazendo beicinho e cara de triste, conseguiu satisfazer a todos aqueles que sempre vão ao velório para observar a conduta de quem perde o amado. Belo desempenho!

Ela só chorou, de verdade, na hora que baixaram o caixão à sepultura. Até hoje não se sabe se foi de arrependimento ou para agradar a família dele.

Após o enterro, aos poucos, as pessoas foram saindo enquanto ela ainda soluçava. Por fim, sobraram ela, o guarda-costas e a amiga íntima.

Ao anoitecer, ainda se ouvia o soluço vindo do quarto de Jujuba; e não era de choro e nem do diafragma. Eram os três, com potes de *chantilly*, soltando mais uma vez a libido no mar da longa e doce noite de lua quarto-crescente.

Como Matar o Marido –Lição II

O médico insistiu, mas Dna. Higa relutou. Seu menino não tinha tempo para esportes. Desde a morte do marido e, de um derrame que a deixou em cadeira de rodas, preparava o filho para assumir as empresas "Von Doorer". Aulas de alemão, inglês e administração tomavam todo o tempo.

Jovem frágil, muitos ossos, um resfriado atrás do outro. O médico ameaçou abandonar o caso. Dna. Higa voltou atrás: aulas de aeróbica, duas vezes por semana.

Primeiros dias, nenhum entusiasmo, mas quando Gislaine substituiu a professora titular, o rapaz, perplexo, se transformou. Era linda, de corpo sensual e, com roupa colante.

Johan Sebastian, futuro empresário, rapaz puro, inexperiente, sentiu dentro de si, vontade de homem e não dormiu naquela noite. Nos devaneios, a professora mexia o convexo quadril, com os seios túrgidos, roçando seus lábios com a língua para excitá-lo.

Durante as aulas, ela, astuta, percebeu e jogou pesado. Experiência não lhe faltava. Duas vezes por mês, "dançava" nas boates da Rua Nestor Pestana em São Paulo. Só com aulas de aeróbica não conseguia pagar as contas. Agora, diante de si, visualizava uma fortuna.

A cada aula, dançando com sensualidade, provocava cada vez mais o jovem Sebastian. Com roupa de malha e sem calcinha, sua vulva e nádegas pareciam explícitas.

Ele, sem se conter, molhou as calças por duas vezes.

Quero casar!

Com ela nom, gritou Dna. Higa na sua cadeira de rodas. Nom parrece um moça dirreita.

Gislaine soube. Tirou licença e foi para Araçatuba. Mandou restaurar cirurgicamente sua cansada membrana e consultou o ginecologista da futura sogra.

É virgem, Dna. Higa; tenho certeza, confidenciou o doutor.

Nas primeiras noites, a vacilação. O rapaz, inexperiente nas incursões genitais, recuava a cada "ai" da moça. Divertindo-se, ela o estimulava para uma nova tentativa, até que...

Gislaine parou com as aulas para ajudar seu marido na administração da empresa. Sebastian, por outro lado, a todo o momento só pensava em ir para a cama, onde a "ex-donzela" ensinava, a cada dia, novas posições.

Ensinou o sexo oral, o pestanejar sincrônico e as posições sexuais: missionário, Chinesa e Hindu. Demonstrou como colocar preservativo e, principalmente, os cuidados de higiene antes de fazer "amor", como dizia carinhosamente a ex-professora.

Tanto conhecimento prévio despertou uma pontinha de desconfiança no marido.

Vi a sexóloga na TV, a Marta Suplicy, disse, tranquilizando-o.

A aversão, no entanto, eram as terríveis e ridículas meias de lã, confeccionadas pela mãe, que Sebastian insistia em não tirar, mesmo na hora da relação carnal.

Minha filho já teve pneumonia. Não pode ter as pés fria, dizia a velha ditadora que se negava entregar o controle das empresas.

Gislaine armou uma estratégia: simulou uma gravidez. A alemã esmoreceu e passou a direção dos negócios para o futuro papai.

Perdi o bebê, disse a esposa, fingindo profunda tristeza.

A sogra, que ansiava tanto por um neto, não aguentou e sofreu outro AVC, enquanto Sebastian, descompensado e deprimido, teve pneumonia.

Uma semana de hospital, oxigênio e antibióticos. A esposa aproveitou e obteve procuração total.

À noite, trocou os antibióticos por Dormonid, e assim que ele entrava em sono profundo, tirava as meias de lã e abria o pijama.

Com o ar-condicionado bem frio, passava gelo no peito e pés do "pau-de-vento", como os cruéis funcionários o chamavam, devido à gravidez frustrada.

No dia seguinte, mais febre. O médico receitou novos remédios que, à noite, eram substituídos por soníferos e mais gelo nos pés.

Dois dias depois, 42º de febre. Não resistiu. No velório, os amigos, Giampá, Strose, Pazian e Mediotti, com "muito amor no coração", se esforçavam em consolar a triste viúva. Num canto sozinho, Jorge do Bar do Comércio, que se encantava com a beleza de Ariadnet, achava, agora, que Gislaine poderia ser sua esposa.

Prática nos seus projetos, a rica herdeira internou a sogra num asilo, vendeu as empresas e fez plástica.

Deleite e deslumbramento fluíam prazerosamente. Passava o tempo viajando, ou ao sol, bronzeando seu corpo sedutor.

Atraente, dormia com quem escolhesse, até que um dia Gianecchini levou Marília para conhecer seus pais em Birigui. Gislaine assediou o belo ator, mas o rapaz não percebeu.

A linda viúva, tal como ocorre com todas as mulheres frustradas, se zangou. E, mulher nesse estado é um perigo. Daí... bem, depois eu conto.

É ficção...será?

A Mãe de Ignácio

Ignácio era o maior ladrão de galinhas de Birigui. Como a Febem não o aceitava, a Polícia Mirim acolheu-o com o objetivo de reeducá-lo. Foram expulsos ele e o comandante!

Dona Eulália — sempre a Dona Eulália — descobriu que o militar passava três tardes por semana na casa de Solange Kelly, mãe do pivete. Ela cobrava 50 cruzeiros por hora, mas com o sargento era apenas troca de favores.

Solange, como tantas outras mães de "Ignácios" do mundo, também nasceu analfabeta, porém com esforço próprio estudou até o curso superior.

Mas a vida de "prestadora de serviços sociais para o deleite masculino" falou mais alto, e ela passou a receber os homens em casa.

Ninguém sabia quem era o pai do menino. Uns disseram que era o Fuinha, outros, que era Manivela, o filósofo de Birigui. Através da linguagem de surdo-mudo, ele negava.

O menino cresceu. Pensaram em arranjar um curso profissionalizante para o rapaz. A Fundação Social conseguiu encaixá-lo na fábrica de sapatos dos Bedunyan, na Rua 7 de Dezembro. No pranchamento, roubava tintas para vendê-las. Na máquina de corte, tentou mutilar um dedo da mão, para conseguir aposentadoria por invalidez, ou como dizia na gíria, "ferrar" o Sr. Avak. Descoberta a intenção, foi despedido.

Às vésperas de completar 18 anos e ser preso por vadiagem — isso na época dava cadeia — o safado arranjou emprego no Sindicato, único lugar da cidade onde podia fazer política, sem precisar trabalhar.

Com o dinheiro conseguido com alterações fraudulentas no livro de contabilidade, Ignácio comprou uma chácara na divisa com Araçatuba, para que sua mãe pudesse receber seus fregueses, sem incomodar os vizinhos moralistas. No entanto, era uma época de vacas magras e a concorrência das universitárias, desleal.

Seria preciso diversificar. Ela, então, desenvolveu uma nova e curiosa técnica de sexo oral, a que chamou de "técnica estimuladora da borboleta azul".

Seus fregueses ficaram interessados. Queriam aprender e enriquecer suas "performances" com suas esposas ou amantes.

Ao se inscrever para o treinamento, os homens escolhiam, entre as meninas da Madame, as parceiras para o exercício.

Primeiramente Solange demonstrava; depois os alunos exercitavam com as moças. Deitadas de costas, ela posicionava-se, e sem tocar no sexo das jovens, imitava com os lábios, os sons vibratórios do pernilongo, besouro e outros insetos, estimulando, assim, a cabecinha da "borboleta" que os indianos também chamam de "Botão do Amor".

Com essa técnica, as profissionais da chácara, mesmo cansadas da lida noturna, não demoravam mais de dois minutos para "atingir as nuvens", como elas diziam, principalmente, quando imitavam o som do grilo, sem dúvida, o preferido de todas.

Enquanto isso, Ignácio ficava na sala fazendo política com os homens presentes, na tentativa de prosperar no Sindicato e conseguir mais mordomias.

Numa segunda-feira, às 6 da manhã, o sindicalista voltava bêbado da orgia, brigou com um trabalhador que se dirigia ao emprego, levou um tiro e morreu na hora.

Algumas pessoas sentiram-se aliviadas com o fato, outros, como políticos, religiosos e o pessoal dos Direitos Humanos, não se conformavam com a grande perda.

Deus quis assim, diziam uns, para a inconformada mãe. Era um bom rapaz, homem com futuro brilhante; poderia ser deputado ou senador, diziam outros.

Foi enterrado às 5 da tarde em ponto!

Hoje, Madame superou a perda e já expandiu seus negócios. Contratou mais meninas em Bauru, Braúna e Penápolis, e está pensando em abrir *"franchising"*...

Admir Belmonte Gavira

Veruscka

Os dez anos de cadeia deram ao vigarista um grande aprendizado. Decorou dezenas de versículos e outros tantos capítulos. Quando o bispo Macedo disse na TV, "ou dá ou desce", viu que estava no caminho certo. Arquitetou uma seita diferente de todas as religiões.

Estou regenerado! Disse ao meritíssimo.

Terno de segunda mão e alguns trocados, alugou um pequeno salão na Rua Silvares e, com a Bíblia embaixo do braço, andava de lá para cá, arrebanhando ovelhas para sua igreja.

Bispo Arlindo, como o chamavam, prometia a salvação. Quanto mais rico fosse aquele pequeno templo, mais almas seriam salvas.

Água do Córrego Baixote, em vidrinhos de penicilina bem lacrado, virou "água benta do Rio Jordão". Lascas de madeira apodrecidas da serraria do Penterich, em caixinhas de joias, tornaram-se "restos da Cruz do Calvário".

Vendia-se tudo. As pessoas insensatas e carentes queriam mais; disputavam as pequenas caixas, com cinco ou mais gramas, de areia sagrada do Monte Ararat, onde Noé atracou sua Arca. O dono da construção vizinha enfureceu-se pelo sumiço do material.

Em Birigui, ficou conhecido como bispo linha-dura. Não aceitava dividir o seu espaço com gays.

Ele proibiu suas fiéis de cortar cabelo, pintar unhas e ver TV. Cinema, nem pensar. Se bem que o único cinema da cidade, um prefeito quercista, de baixa sensibilidade cultural, vendeu a um banco que o transformou num estacionamento.

Fazer festas de aniversário, Natal e Ano Novo, é coisa de fariseus, coisa do diabo! Bradava. Com isso, suas ovelhas guardavam mais dinheiro para o dízimo e, para os próximos lançamentos.

Um único gasto permitido era com pílula anticoncepcional.

Uma década sem mulher. Cadeia dura e vício solitário. O olhar de Arlindo parecia desnudar qualquer menina ou mulher que adentrasse aquele salão "sagrado".

Propôs dar conselhos às jovens, fora do expediente. Ouvia suas pupilas atentamente e, para livrá-las de todo o mal, aconselhava um ritual: dois ou três cálices de vinho de Jerusalém, — vinho de São Roque, a que ele acrescentava muita Vodka -, mais um óleo que passava nas fiéis, enquanto pronunciava uma oração.

As mulheres, inebriadas, diziam sentir uma penetração de alegria, que culminava com uma explosão de liberdade espiritual.

O bispo, cada dia mais rico, gozava de impunidade, não pagando imposto de renda, e prestigiado pelas autoridades locais. As más-línguas diziam que era lavagem de dinheiro.

Mas, Nininha tinha apenas 13 anos e era virgem. O ex-presidiário não teve escrúpulo.

Barriga crescendo, veio o escândalo. Gorengão, pai da menina, junto dos amigos Tião, Tripé e Juca Medonho, fizeram justiça. Rasparam as sobrancelhas do bispo e colocaram-no um vestido de noiva. Seviciaram e fizeram-no de mulher à noite toda. Na manhã seguinte, o estuprador de menores foi atendido na Santa Casa.

O deputado e o delegado, temendo serem envolvidos num escândalo financeiro, esconderam o amigo na casa da Eny, em Bauru.

Hoje, depois de anos, Veruska, o ex-bispo Arlindo, diz que se encontrou na vida e não quer mais saber de mulher. Empobrecida pelos advogados do deputado, faz "ponto" na Avenida Indianópolis, em São Paulo, e sonha, um dia, fazer shows nas boates de Paris e Roma.

Admir Belmonte Gavira

O Sonho De Roxane

"Uma esposa decente só poderá trair o marido uma vez na vida, se o marido não cumprir com as obrigações", dizia vovó Nena, de 92 anos, para sua neta de 28, que se casaria em breve na Igreja Matriz de Birigui.

"Já o homem, querida, poderá trair uma vez. Na segunda, finja que não soube, mas na terceira vez, dê-lhe um pontapé nos fundilhos, porque homem que trai mais de duas vezes não presta! É como um cachorro vadio; já é doença".

A ideia de procurar outros homens jamais passou pela cabeça da neta Roxane. Para ela, essa vulgaridade só existia nas frívolas novelas. Wellington, seu noivo, era fogoso, atleta e cheio de vida.

Os primeiros anos de casados foram sublimes, com massagens sensuais recíprocas, banhos de banheira, acabando sempre em sexo e muito carinho.

Um dia, Wellington comprou uma moto. A vida do casal mudou. Passou a se reunir com motoqueiros, a viajar em grupos e o assunto era sempre o mesmo: motos de dois tempos, quatro tempos, Harley, Yamaha, uma chatice só.

Roxane se isolou. Não tolerava aquelas tatuagens, blusas de couro com franjas. Achava macaquice e "nonsense" insuportáveis.

Às vezes, o marido viajava com os amigos por uma semana. Lembrou-se da avó. A ideia da traição perturbou-a. Há meses não recebia um carinho do marido. Sexo, então, nem se lembrava da última vez.

Na novela, sua única distração, percebeu Rodrigo Santoro. Ele é belo, sensual, tem dentes lindos, uma tentação, dizia a neta à avó, agora com 96 anos, que a ouvia silenciosamente.

Roxane, por vezes, vestia somente uma camiseta e, na frente da TV, imaginava o ator tocando-a apaixonadamente. O delírio aumentou: se Marília Gabriela namora o biriguiense Gianecchini, por que eu, também, jornalista, não poderia ter um caso com um homem tão lindo?

Se mulher honesta só pode trair uma vez, como dizia a avó, então seria com Rodrigo Santoro, senão, permaneceria fiel. Contatou a assessoria de imprensa do ator e inventou uma entrevista. Sem resposta. Tentou, durante meses, outras artimanhas, e nada. Tanta ansiedade e frustração que acabou doente: gastrite e colite.

Injeções intramusculares. Fóbica, tinha que deitar-se para não desmaiar. Achou estranho quando o farmacêutico lhe puxou a calcinha até os pés. Após a injeção, sentiu entre as nádegas um volume, que não sentia há meses. Ao olhar para trás, viu o farmacêutico nu, sorrindo e querendo morder-lhe a orelha. O atrevimento e aquele sorriso fizeram-na lembrar de um colega da faculdade que, agora é deputado. Deu um pulo da cama e acertou um tapa na cara do atrevido que, sem graça, pediu-lhe mil desculpas.

Ansiava por sexo, necessitava de um carinho, mas nunca de um farmacêutico, ainda mais com a cara do Russomano. Jamais! A avó insistia que parasse com essa ideia. Quanto mais falava, sua tara se fortalecia. Viajou por uma semana, sem que o marido percebesse.

Em Paris, Rodrigo iria ser homenageado num festival internacional de cinema. A marcação foi intensa, mas não conseguiu chegar perto do ídolo. Sua tensão aumentou, seus hormônios também. Aceitou, por fim, amenizar sua libido com outros. Pensou: o galã José Mayer não seria má ideia ou, então, o belo Luciano, que trabalhava no Restaurante Fricó.

Não dá, interveio a avó, ambos são casados. Sua sensatez não deve permitir que se envolva com homens casados. Homem casado, continuou Dona Nena, tem metade de sua alma vendida ao diabo. A outra metade perdeu-se ao se casar.

Frustrada e com intensa fúria no baixo-ventre, admitiu retomar o tratamento. Telefonou para o farmacêutico pedindo para vir.

Com os lábios carnudos e úmidos, suave perfume no colo e uma camisolinha curta, recebeu o homem com cara de deputado. Enquanto ele, tenso e ressabiado, preparava a injeção, penetrando o êmbolo na seringa, Roxane, lentamente, deitou-se na cama. Dela não precisou abaixar nada. Agora, quem o desnudou foi ela.

O Drama De Luci
Aparecida Wannder Llosa

Amerildo se desesperou; a namorada iria embora. O colegial da "Lídia Helena" de Birigui deu à estudante, condições de ingressar em primeiro lugar na Universidade de Marília.

Apaixonado, fez um jantar com vinho francês. Mulher nenhuma resiste a um bom vinho tinto, pensou. Dito e feito. Naquela noite, minou as defesas e deflorou a linda e recatada Luci Aparecida.

Ela, de pilequinho e um pouco assustada, nada sentiu. Nas primeiras semanas, um pouco de trauma, depois, com o início das aulas e vários trabalhos escolares, a tímida estudante esqueceu o ocorrido.

Nas primeiras festas na faculdade Luci se enturmou. Caras novas e, belos jovens... Namorou vários colegas e de tudo experimentou: daquela erva fedida, até carreirinha. A vida longe dos pais e do namorado ficava interessante.

Todos os amigos falavam da "Noite dos Vikings." Uma vez ao ano, o Grêmio Estudantil realizava a "festa". As mulheres permaneciam num recinto, separadas dos homens por apenas uma parede de isopor. Bebidas alcoólicas à vontade para elas.

À meia-noite, o sino tocou e os homens, numa fúria de bárbaros escandinavos, arrebentaram a parede e correram ao encontro das moças, algumas já bêbadas e seminuas.

Naquela noite, Carlão, veterano experiente, escolheu a jovem caloura. Com os dois chupando tabletes de Halls extra-forte, Carlão induziu Luci a praticar o felácio. A delicada ardência e o frescor de menta deixaram a parte íntima sensível e entumecida. O rapaz urrava de prazer.

Num momento de deleite, ao invés de apenas chupar, Lucí mordeu, inadvertidamente, a dura bala e quebrou o pré-molar superior esquerdo. Dor alucinante!

O mentol extraforte penetrou no nervo e, consequentemente, na corrente sanguínea. A moça passou mal, de prazer e de dor. Transou várias vezes com Carlão, e quando este não aguentou mais, a jovem estudante fez sexo com vários outros, na mesma noite.

No dia seguinte, procurou o Dr. Bernabé. O endodontista tratou o canal. Ao sentir-se livre da algia, assediou o doutor. E assim seguiu durante meses; insaciável, fazia sexo com todos da faculdade.

Voltando a Birigui, o namorado não aguentou a fúria uterina. Ela então, descontrolada, transou com vários amigos dele. De Pachequinho, ao Manuelito, de Luigi Pintão, ao Manivela.

Inconformado, o namorado chamou um médico. Exames de ressonância, RX e ultrassom acusaram "colagem de neurônios responsáveis pela libido"; curto-circuito no cérebro, causado pela química do extraforte. Somente a separação dos nervos diminuiria a tara.

Consultaram um neurocirurgião. Em vão. A cirurgia causaria danos irreversíveis. Testaram então Prosac, hormônios e até chá de cipó de São Daime. Nada de resultado.

Experimentou, também, levedo de cerveja, desses que os "naturebas" consomem. Para homem, é tiro e... "queda", principalmente. Para ela não funcionou. Aconselharam-na, então, a se casar. O casamento diminui a libido de qualquer mulher, diziam as amigas. Mas o namorado não teve coragem.

Rejeitada pelo Amerildo e deprimida com o problema, ela, com muitas câimbras nas coxas, resolveu se aventurar pelo mundo. Ninguém mais sabia do paradeiro de Luci Aparecida Wannder Llosa.

Recentemente descobriram que ela, com 51 anos e na menopausa, está um pouco mais calma. Há anos trabalha como assistente social no recrutamento de jovens para o exército italiano.

Apenas cinco jovens por dia.

O Chofer da Dona Rose

Quando Gérson estacionou o carro, Cida o aguardava atrás da porta semiaberta de seu quarto.

— Cumé garanhão, tu não vais comparecer mais? Ou agora é só com as empregadas vizinhas?

Mas, seu marido…

Hoje tem jogo do Corinthians. Ele foi ver o jogo em São Paulo.

Os olhos do motorista brilharam. O moreno alto, musculoso, cheirando a perfume Lancaster, entrou logo para que a patroa não o visse.

Nas horas de folga, se não estava envolvido com a criadagem da vizinhança, praticava halterofilismo nos seus aposentos, anexo ao quarto da cozinheira Cida.

Quando eu voltar para a minha terra, não quero ficar igual aos meus cunhados barrigudos e, com cara de cangaceiros, não. Eu quero ficar igual ao cantor Wando, dizia Gérson para a patroa.

Dona Rose, muito discreta, apesar de sua educação recatada e rígida, já havia notado o rapaz, como também já o tinha visto entrando no quarto da empregada, mas não o censurava. Sentia, no entanto, certa inveja da Cida que se esfregava com os dois, o marido e o motorista, e ela não.

Seu marido não parava em casa. Escravo de suas próprias conquistas financeiras passava semanas fora de Birigui, em viagens de negócios.

Quando ela entrava no carro, sentindo o perfume do motorista, certo "frisson" percorria sua espinha. Muitas coisas passavam por sua mente, mas reprimia tudo que ia contra a sua moral e, seus princípios. Entretanto, ficavam certas sensações, o nó seco na garganta, um tremor no estômago e um aquecimento nas coxas.

Num sábado à noite, ao visitar a amiga Bárbara, que se recuperava de uma lipo e de uma plástica de seios, Rose se divertiu muito das piadas picantes e comentários maliciosos. Após várias doses de Vinho do Porto, sentiu-se de pilequinho, e resolveu voltar para casa. Não quis sentar no banco de trás.

Um calor tomou conta de seu corpo.

— Não estou sentindo-me bem, disse Rose para o motorista, quando entraram na Avenida Pedro de Toledo.

— Vou levá-la ao pronto-socorro?

— Não, não! Um pouco de ar, disse Rose, abrindo o vidro do carro e três botões de sua blusa, expondo os seios de onde escorriam gotas de suor.

Já em casa, pediu para Gérson apoiá-la até chegar ao quarto. Lá, deitou-se, abrindo todos os botões da blusa e da saia, mas continuava respirando mal.

— Vou chamar a Cida.

— Não! Retrucou a patroa, já vou melhorar.

Pegue um saco plástico com gelo e passe sobre o meu estômago.

— Estou sentindo-me melhor, mas continue passando de cima até mais embaixo, disse ela, jogando a saia para um canto da cama e revelando um corpo escultural com os seios ainda firmes e bicos arrepiados.

Sua calcinha, cavada e transparente, realçava os pelinhos delicados e escuros, de onde sua entranha exalava um perfume natural, evidência plena de fêmea prestes a entrar em convulsão amorosa e selvagem.

Não se contendo, agarrou seu empregado pela camisa, rasgando-a e enfiando as unhas nas suas costas. Puxou-o para junto de si para beijar e mordê-lo, dizendo:

Mostre-me como você faz com a Cida e, com as outras empregadas da vizinhança. Mostre-me, cachorro gostoso e vadio. Vem, vem, mostre-me, vem...

Mas patroa...

Cala a boca e vem, retrucou, com os olhos semicerrados e a boca úmida.

Quer que eu coloque a camis...

Vem rápido safado, vem...

E ele foi.

Dona Rose, feliz, passou a ouvir as músicas românticas de Roberto Carlos, fez um corte diferente nos cabelos e parou de comer chocolate. Não precisava mais de doce.

O telefone tocou. No outro lado, a amiga.

Oi Rose, tudo bem? Você sabe, os motoristas gostam de fofocas, não é? Eles sabem da vida de todo mundo, não é mesmo? Bem eu, como sua amiga, tenho por obrigação passar-lhe certas coisas que eu ouvi...

Obrigada, mas o que você me falou é pura invenção. É mentira. Vou tomar minhas providências...

Rose, prostrada, desligou o telefone. Tentou adivinhar quem havia descoberto? Quem estava espalhando essa fofoca? Ela, uma mulher culta, que cursara filosofia na Sorbonne, em Paris, não admitia cair como mel nas maledicentes e venenosas línguas das amigas de Birigui.

Chocada com o ocorrido e, com medo de que a notícia chegasse ao ouvido do marido, mudou radicalmente sua vida: mandou Cida embora, trocou de jardineiro, mudou de cabeleireiro e, proibiu, para sempre, a entrada de Gérson em sua casa, principalmente se ela estivesse sozinha.

A partir desse episódio, somente ela entrava no quarto do motorista. Todas as noites!

A Mãe Do Deputado

No início, uma brincadeira. No entanto, a aposta com a amiga coincidiu com o atraso da mesada do pai.

— Deu pouca uva, minha filha, a vinícola não pagou.

Primeiras noites, tensas e engraçadas. Controlava-se para não rir. Fingindo, gemia alto para que os parceiros terminassem logo.

Estratégias diferentes para cada um. Com o turco do armarinho, umas bofetadas na cara, mas com o mineirinho, a passada de dedo entre as nádegas era o suficiente. Serviço rápido, dinheiro entrando. . .

Enviou roupas novas para a mãe e um relógio de ouro para o pai.

Um calafrio de medo, o "incômodo" não veio. Três semanas de atraso. Foi aquele mineirinho safado do posto de gasolina. Não quis usar camisinha. — "Lergia", alegou.

Britt, sua barriga está crescendo muito rápido; desse jeito não vai ter mais cliente, disse Dr. Miro, delegado da cidade.

A delegacia ficava próxima à Casa de Tolerância da Rua Saudades. Sempre que podia, o amigo se deitava com a ruivinha, para aliviar suas tensões.

Não vou ter mais clientes, disse Britt, se vocês continuarem torturando estudantes. Os fregueses estão com medo, devido aos gritos que vem da delegacia.

— Culpa do soldado gaúcho, seu conterrâneo. Lá na sua terra, ficou viciado no "Tchó", aqui ele dá uma de machão.

O "Tchó" era uma prática de conhecimento muito restrito. Constituía em um bastão enrolado com gaze e embebido de uma solução de ervas dos pampas, que Britt sabia preparar muito bem.

— Segredo de Estado, dizia ela, rindo. Não contava para ninguém.

À medida que passava o Tchó sobre os últimos ossinhos do cóccix, o líquido penetrava na pele e estimulava toda inervação da área, de modo que, após a relação, os homens, bem como as muitas mulheres que a procuravam, continuavam com a sensação de orgasmo, por mais de hora e meia.

Casa cheia e barriga quase estourando. O pequeno José nasceu no dia em que Wladimir Herzog morreu na cela da Operação Bandeirante. Não sabendo quem era o pai, deram-lhe um sobrenome forte: Rock.

Menino endiabrado, não tinha sossego. Costumava roubar dinheiro dos fregueses da mãe para comprar bolas de futebol.

Britt pediu para a irmã de Goiás, cuidar do sobrinho.

Irresponsável na escola, só queria jogar bola. Quando cresceu, com o dinheiro que a mãe juntou, formou um time de futebol, e logo depois, se elegeu deputado. Astuto, pagava os jogadores com dinheiro do contribuinte goiano.

Casou-se e teve, como amantes, as filhas de seus cabos eleitorais, que se orgulhavam do fato de suas filhas estarem se deitando com o nobre deputado.

Pediu mais dinheiro para a mãe. Câncer de um correligionário justificou. O cheque foi compensado para uma loja cara de São Paulo.

Menina nova, o deputado queria impressionar. Colar de esmeraldas, anéis de brilhantes, roupas e sapatos de grife.

A "Patricinha do Cerrado" chamava atenção com os seus sapatos de saltos e, seda vermelha, ao sol do meio-dia.

O deputado, para ostentar, hospedou-se com a namorada no hotel mais luxuoso de São Paulo e se trataram com o melhor dentista. Ficou devendo para os dois.

A mãe, desgostosa, não mandou mais dinheiro. Já idosa para a profissão, contava com poucos clientes. O que salvava era o japonês, diretor de um banco de Tóquio. Após se viciar no "Tchó" da Britt, passou a visitar Birigui, uma vez por mês.

Com o dinheiro ganho do Sr. Shiró, Britt comprou um asilo para idosos e montou uma creche para crianças pobres da Vila Bandeirantes.

Britt Goenins, a santa Britt, como era chamada, morreu no dia 5 de outubro passado e levou consigo os segredos das ervas gaúchas. Zé Rock, seu filho, não foi ao enterro. No dia seguinte, em Goiás, elegeu-se deputado estadual por mais quatro anos.

(Caso "quase" verídico. O nome do personagem é fictício, mas o seu comportamento e caráter são reais. O político foi assassinado no seu Estado, pelo marido de sua amante).

164

A Flor Da Trepadeira

Nascida em Timburi, Emilinha viu sua adolescência desabrochar-se numa nuvem de paixão por Luciano. O belo soldado italiano da Úmbria, veio à cidade em visita aos primos e, foi deixando-se ficar.

Dotada de todos os encantos e beleza e, na tentativa de conquistar o rapaz, aprendeu a dançar com suavidade, tornando-se também uma cantora lírica, fato incomum numa época em que só se ouvia Tião Carrero e Pardinho.

A mais bela de toda região insinuava-se, mas o soldado estava interessado apenas em churrasco de carne de capivara. Frustrada e amargurada, a bela flor do campo decidiu nunca mais amar outro homem, mudando-se para Birigui, onde começou a trabalhar em uma fábrica de calçados infantis, de propriedade do Sr. Júnior, solteirão convicto, que se encantou pela graça da jovem.

Arredia ao assédio, ela abandonou o emprego, o que levou o mais cobiçado da cidade, a sentir-se desafiado. Para conquistá-la, ofereceu-lhe carro, joias, inclusive parte na sociedade. Após tantas flores e presentes, Emilinha cedeu, impondo uma condição, prontamente aceita pelo pretendente: nenhuma intimidade antes do casamento.

Ansiosa e desesperada contou à amiga que não queria ter a primeira relação, olhando para o rosto de outro homem que não fosse o de seus sonhos. Lizete que morava na Rua dos Fundadores, profunda conhecedora de todas as artimanhas do sexo, teve então, uma ideia. Preparou um chá de grande poder hipnótico, com a flor rosada de uma trepadeira nativa da região, cuja flor em forma de pêssego retém o néctar, mesmo depois de ser colhida.

Foi ao córrego Biriguizinho, onde sabia encontrá-la nos troncos e galhos do ingazeiro. Somente o tucano, com seu grande bico, conseguia penetrá-la por baixo e beber lhe o mel. Lizete encantava-se com a habilidade dessa ave. Colheu duas flores, macerou-as, preparou o chá e, cinco minutos após ingeri-lo, Emilinha caiu num sono hipnótico, por duas horas.

Ao acordar, lembrou-se de tudo que ouvira da conversa das amigas. O sono, embora profundo, não entorpecera totalmente seus sentidos e, de olhos semicerrados, via estampado no rosto das amigas presentes, o semblante do amado soldado.

Antes da cerimônia de casamento, foi à procura da flor e providenciou um estoque para a lua de mel. Minutos antes de ir para a cama, tomou o chá e, nos braços de seu marido, pediu-lhe que a possuísse, quando estivesse semiconsciente. Logo após o transe, sentiu o prazer da primeira relação, vislumbrando o rosto do belo italiano.

Certo tempo depois, não resistiu e contou ao marido sobre o desejo de ser estuprada, potencializado pelo poder da flor.

Após ingerir o chá, agarrava-se à cabeceira da cama, como se estivesse algemada e, num transe louco, sentia o prazer, suplicando por mais violência. Apaixonado e carinhoso, seu homem fazia de tudo para satisfazer seus delírios, chegando até a práticas nada convencionais, abolindo preservativos e lubrificantes.

Por fim, ela percebeu que não era o estupro que mataria sua sede de prazer e, sim, algo mais onírico. Vestiu Junior somente com uma camisa branca, colete preto e gravata vermelha, modelando-lhe os cabelos para cima, tipo escovinha, o que o tornava parecido com Luciano. Naquela noite, dispensou o chá e, assim, sucederam-se noites e meses...

Hoje, depois de muitos anos, moram numa mansão, em um condomínio vizinho de Coroados, com um ingazeiro plantado ao lado da piscina.

Nas tardes quentes de verão, ela se delicia, vendo seus dois filhos se extasiar com os doces ingás e ainda vibra quando os tucanos penetram, com seus longos bicos, as belas flores rosadas, com a forma da anatomia feminina.

Admir Belmonte Gavira

Uma Noite na Chácara
dos Barbosa

Em Guatambu, na chácara de onde se via Birigui toda iluminada e bela, o fim de semana apresentava-se morno e enluarado.

Durante o jantar, os jovens enamorados entreolharam-se, confirmando um encontro romântico.

Logo que os pais se recolheram, Maria José dirigiu-se, silenciosamente, para o quarto do rapaz, que fazia sua toalete no banheiro do corredor.

A mãe da moça não conseguia dormir; ódio do marido. Viu-o, naquela tarde, saindo da lavanderia, todo feliz, onde Benê, a mulatinha de seios empinados passava os lençóis. Velho safado, resmungou.

Não quis fazer escândalo para não chocar sua filha e o noivo que estavam em visita. Também pudera, pensou Nena, com aquela barriga já não deve conseguir mais nada com as mulheres. Provavelmente deve estar caindo de boca nessa empregadinha. Vou mandá-la embora. Não posso permitir esse tipo de indecência na minha casa.

E o ronco do devasso tornava-se cada vez mais alto. Irritada e, como todas as mulheres casadas se irritam facilmente, resolveu dormir na outra cama do quarto da filha. Quarto vazio. Percebeu que a filha teria ido dormir com o noivo; compreendeu, afinal eram jovens, quarto ano de odontologia, sabiam se precaver.

Marcelo, que saíra do banho já excitado, prevendo os momentos que passaria com Maria José, foi para os aposentos de sua amada. No escuro, abraçou a mulher deitada de lado. A sogra assustou-se. Para evitar constrangimento decidiu ficar quieta, esperar que o futuro genro dormisse e, sair dessa situação embaraçosa sem que ninguém percebesse.

O rapaz sussurrou um pedido e, como o silêncio o encorajasse, posicionou-se de joelhos sobre o rosto e, ela, sem saída, acariciou-o oralmente. Momentos depois ouviu o rapaz rasgar um envelope e revestir o seu membro rijo.

Um frio percorreu a espinha de Nena quando Marcelo tirou sua calcinha. Ele falou algo ao seu ouvido, beijou-a carinhosamente na nuca, costas e vagarosamente até embaixo. Depois, com os dedos besuntados de um gel frio, massageou-a.

Notou uma mudança na anatomia da noiva, mas achou que era o efeito do uísque, comprado de um "fornecedor confiável" que o sogro insistiu em servir-lhe. No entanto, a excitação era maior que suas conjecturas sobre as percepções da anatomia traseira de sua querida.

Nena, com medo de que ele percebesse o equívoco, relaxou o corpo, recordando os bons momentos íntimos que passara com os seus ex-namorados. Vinte e cinco anos que não fazia esse tipo de sexo.

Sentiu um misto de dor e prazer. Chegou a cochichar por movimentos mais profundos. Ao terminar, fingiu que adormeceu. Esperou as primeiras ressonadas do rapaz, pegou sua calcinha e voltou pé — ante — pé, ao seu quarto.

Mazé, que esperava pelo noivo no quarto de hóspedes, acabou adormecendo. Acordou no meio da noite e percebeu o desencontro. Voltou para o seu quarto e, lá o encontrou nu, no mundo de Morfeu. Também nua, aconchegou-se a ele e voltou a dormir.

Na manhã seguinte, Marcelo acariciou as nádegas da amada, sentindo, agora, as formas familiares.

"Acho que essa bebida da noite anterior afetou o meu senso perceptivo", pensou ao levantar-se.

Mazé, por sua vez, não entendeu o envelope de camisinha e o gel lubrificante sobre o criado-mudo. Imaginou que ele tivesse tido o prazer solitário.

No café da manhã, Marcelo e Maria José, em silêncio, apresentavam semblantes de dúvidas. Nena, constrangida, sentindo-se culpada, não olhava para os jovens. Tinha cometido um pecado, mas iria se confessar com o lascivo Frei Jaime, da Matriz de Birigui, o único que poderia entendê-la.

O marido de Nena e a mulata Benê eram os únicos que pareciam em paz consigo mesmos. Ela de peitinhos empinados e com os biquinhos arrepiados, sorria enigmaticamente para o velho Rubão, enquanto, servia-lhe o café, carinhosamente.

A Pureza de Dorinha

Virgem e sonhadora, assim era Dorinha, a melhor aluna do Colégio Sagrado Coração de Jesus, de Birigui. Após a formatura, o sonhado casamento. Esperou ansiosa por aquela noite, com um enxoval importado, recamado de finas rendas.

Após o banho, cremes, perfume suave e a camisola nupcial.

Imaginou o amado num "robe de chambre", acendendo velas com ar de apaixonado.

Ao entrar no quarto, um choque. Abdul, seu príncipe encantado, vinte anos mais velho que ela, estava nu, sorrindo, com aquele negócio apontado para frente, como se estivesse pronto para arrebentar portões de um castelo medieval. Nenhum Champanhe ou música.

– Ele, disse Dorinha à amiga, num tom de doce pureza, foi muito impetuoso; não deu tempo de nada. Aquela coisa... Insistiu que eu beijasse aquilo, você entende, não é? Disse que era uma prática normal para uma esposa decente. Sei não! No curso de noivos na Matriz de Birigui, não disseram nada. Quase morri de nojo e vergonha; continuo achando que moça de família não faz aquilo não.

Com o passar do tempo, ainda traumatizada, evitava o marido. Enxaqueca e cólicas eram pretextos comuns. Satisfazia-se no chuveirinho.

Com a chegada do sobrinho, que viera estudar na cidade, as desculpas aumentaram.

– Xô, xô, vá para lá, o menino tem sono leve e pode ouvir, dizia ao marido.

Um dia, no meio das roupas do estudante, encontrou umas revistas verdes desenhadas pelo Carlos Zéfiro.

– Coisa horrível! Pecaminosa! Cruz credo; rezei três "Pai Nosso", disse à amiga. O desenho do médico, da historinha "O médico e a freira", valha-me Deus! O dele é maior que o do meu marido, continuou ela. Pensei em falar para minha irmã e queimar tudo. Faltou oportunidade. Revistinhas indecentes!

Na semana seguinte, procurou e não encontrou nenhuma nova história. Impaciente, releu as mesmas e pensou: Como é que a freira aguenta tudo isso? Eu sairia correndo. Coisa nojenta!

Não conseguiu dormir.

Procurou frei Jaime e confessou contando o que lera. O frei, famoso por suas aventuras sexuais, pediu detalhes e depois, mais e mais detalhes.

Paralisado, com um olhar lúgubre e vidrado naquele corpinho sensual, esqueceu-se até de dar a penitência.

Passou a confessar todos os dias. Contou tim-tim por tim-tim a historinha "O viajante e a donzela".

Sentia um prazer desconhecido em contar. O frei, por sua vez, ansiava pelas confissões.

Ninguém nunca pôde falar da conduta dos dois, mas Dona Rosália disse que tinha "quase certeza absoluta" que entre os dois rolou alguma coisa. A fofoca se espalhou e frei Jaime foi transferido.

Da janela, na Praça Dr. Gama, ela viu o "santo homem" embarcar para Timburi, de onde não voltaria mais.

Enquanto o ônibus desaparecia lentamente, num devaneio, podia sentir os lábios do frei na sua pele, deslizando entre suas coxas, subindo, subindo...

Rosto pálido, lábios trêmulos e olhos esgazeados. Uma contração uterina amolece suas pernas, um grito explode e ecoa por toda a cidade.

O povo, que viera despedir-se do Frei, perplexo, nada entendeu.

Corpo relaxado, com voz sofrida, gritou mais uma vez: MALDITO!

Sobre o Autor

Admir Belmonte Gavira é formado em Odontologia há 48 anos. Realiza palestras sobre "Proporção Áurea e Análise do Sorriso".

Expôs seus trabalhos de escultura e pintura, coletivamente, em vários Salões de Arte de São Paulo e interior, recebendo 2 prêmios. E realizou exposição individual de escultura em 2009 no Joh Mabe-Espaço Arte & Cultura, em São Paulo.

Escreveu dois romances pela Editora C4: "Confissões Calientes do Padre Ángel", lançado na Livraria Cultura, da Avenida Paulista em 2009, e "Uma Voyeuse em Paris", lançado no Joh Mabe-Espaço Arte & Cultura, em 2012. Este último está catalogado na Biblioteca Nacional da França.

O livro "40 Contos+1" (Alguns picantes, e outros nem tanto) é o seu terceiro livro.

Ele se negou a lançar esse livro alguns anos atrás, apesar de sua amiga querida Rita Lee incentivá-lo e insistir para que ele o publicasse, quando havia apenas 25 contos. Ele soube esperar.

Agora são 41 histórias, algumas eróticas e hilárias, outras...verdadeiras!